人生
文丛

林贤治
主编

理性人生

茅盾 著

SPM
南方传媒 | 花城出版社

中国·广州

图书在版编目（CIP）数据

理性人生 / 茅盾著. -- 广州 ：花城出版社，
2024.1
（人生文丛 / 林贤治主编）
ISBN 978-7-5360-9498-7

Ⅰ. ①理… Ⅱ. ①茅… Ⅲ. ①散文集－中国－现代
Ⅳ. ①I266

中国版本图书馆CIP数据核字(2022)第032098号

出 版 人：张　懿
特邀编辑：余红梅
项目统筹：揭莉琳　邹蔚昀
责任编辑：揭莉琳　邹蔚昀
责任校对：梁秋华
技术编辑：凌春梅
封面绘图：老　树
装帧设计：姚　敏

书　　名　理性人生
　　　　　LIXING RENSHENG
出版发行　花城出版社
　　　　　（广州市环市东路水荫路 11 号）
经　　销　全国新华书店
印　　刷　佛山市迎高彩印有限公司
　　　　　（佛山市顺德区陈村镇广隆工业区兴业七路 9 号）
开　　本　880 毫米 ×1230 毫米　32 开
印　　张　9　　2 插页
字　　数　160，000 字
版　　次　2024 年 1 月第 1 版　2024 年 1 月第 1 次印刷
定　　价　48.00 元

如发现印装质量问题，请直接与印刷厂联系调换。
购书热线：020-37604658　37602954
花城出版社网站：http：//www.fcph.com.cn

人生
文丛 | 看纷纭世态
读各色人生

写在"人生文丛"新版之前

20世纪90年代初，受出版社之邀，编选了"人生文丛"，计二十种。恰逢第四届全国书市在广州举办，这套丛书成了场上的"骄子"，被评为"十大畅销书"之一。此后一段时间，一版再版，受欢迎的程度超乎出版人的预想。其时，坊间腾起一股"散文热"。若果"人生文丛"算不上引燃物的话，至少，它提供的柴薪是增添了不少热量的。

五四开启了一个时代，星汉灿烂，人才辈出。新文学第一代作家的坚实的创作实践，奠定了"艺术为人生"的原则，影响至为深远。"人生文丛"乃从五四后三十年间，遴选有代表性的二十位作家的非虚构作品，也即我们惯称的散文，自然是广义的散文，除了一般的叙事之作，还包括演讲稿，以及带有隐私性质的日记、书信等。这些文字，烙上作者各自的人生印记，不同的思想和艺术个性，真诚、真实、真切，俾普通读者——英国作家伍尔夫郑重地使用了这个词，以它为一本文学评论集命名——借由文学更好地体察社会，思考人生，并从中获得美学的熏陶。

文丛初版时，编者分别使用了一个虚拟的"何氏家族"成员的代名。此次重版，恢复了编者的本名。

　　由于版权变易，初版时的林语堂、巴金已为丁玲、萧红所代替。单从人生富含的文化价值看，后者的意蕴恐怕更深。同样出于版权关系，未予收入张爱玲，这是可遗憾的。无论读文学，读人生，张爱玲都是不容忽略的。

　　新版"人生文丛"，对胡适、郭沫若、冰心、丰子恺等作家，各有篇幅不等的增订。私心里，总是期望选本能够尽善尽美，以贡献于广大读者之前，虽然自知这是很艰难的事。

编者

2023年6月

编辑者说

在中国现代文学中，茅盾无疑占有重要的地位。他在创作、评论、翻译诸多方面，均有重大的成就。其中，小说创作是最突出的。他的代表作《子夜》，被人推为中国左翼文学的"扛鼎"之作。他的散文与小说血脉相通，现实感很强。对此，郁达夫称许道："中国若要社会进步，若要使文章和实际生活发生关系，则像茅盾那样的散文作家多一个好一个，否则清谈误国，辞章极盛，国势未免要趋于衰颓。"

茅盾，原名沈德鸿，字雁冰。1896年7月生于浙江省桐乡乌镇。"茅盾"，是他发表小说时使用的笔名。他的童年，正值清末变法运动及辛亥革命时期，因此较早接受了维新思想的影响。10岁丧父，受过良好的旧文学教育的母亲，便决定了他此后的成长道路。

1913年，考取北京大学预科；毕业后因家庭困难，无力深造，遂报考进入上海商务印书馆编译所工作。1921年初，与周作人、郑振铎、叶圣陶等12人发起成立文学研究会，革新《小说月报》，提倡"为人生"的写实主义文学，翻译介绍苏联及世界各国的进步文学。同年加入中国共产党，并积极参加建党的筹备工作和早期活动。1927年大革命失败后，遭蒋介石通缉，由武汉到牯岭，再到上海，开始写作《幻灭》《动摇》《追求》等小说。1928年东渡日本，两年后重返上海，加入中国左翼作家联盟，并担任领导工作。抗战初期，当选为中华全国文艺界抗敌协会理事，主编《文艺阵地》杂志。1938年冬，赴新疆学院任教。1940年4月进入延安，在鲁迅艺术学院讲学半年，然后赴重庆，担任郭沫若主持的文化工作委员会常委，从事救亡工作。1941年皖南事变后，经桂林到香港，创办《笔谈》，参加邹韬奋主持的《大众生活》编委。太平洋战争爆发，香港沦陷，返回桂林和重庆，直至抗战胜利。1946年回到上海；年底，应邀赴苏联访问。次年返国，由上海而香港，而大连，而沈阳，最后于1949年2月到达北京。1947年7月，中华全国文学艺术工作者代表大会召开，当选为全国文联副主席和全国作协主席。中华人民共和国成立后，曾担任中央文化部部长和全国政协副主席等职，并任历届全国人大代表，还曾担任《人民文学》和《译文》主编。1981年3月，病逝于北京。

茅盾的创作生涯，最早是从散文开始的。早在五四时期，他就在《学灯》等报刊上发表了为数不少的杂感，掊击旧物，促进新机运的产生。五卅运动时，写下《五月三十日下午》《暴风雨》，都是追随时代脚步的记录。后来主要从事小说创作，但也经常为报刊撰写"速写""随笔"一类的短文。1928年避居日本时，所写的《叩门》《卖豆腐的哨子》《雾》《严霜下的梦》等一组文字，初步形成了作家自己的散文特色。这些文字，婉曲中夹带清丽，朦胧中透出明朗，表现了一个时代的苦闷。20世纪30年代，散文题材有了进一步的拓展，如《故乡杂记》《香市》《"现代化"的话》等，便以冷静的观察，工细的笔触，描绘了在"现代化"冲击下的中国城乡经济凋敝的情景。此外，作者也写下不少象征性很强的篇章，如《雷雨前》《黄昏》《沙滩上的脚迹》等。抗战以后，尤其到了40年代，他的散文同时向记叙、抒情、议论三个方面发展，形成个人创作的高潮，在艺术上也更臻成熟了。其中，《白杨礼赞》《风景谈》，在如画的描写中，体现了一片奋起抗争的激越的时代情调，是中国现代散文最出色的篇章。

散文先后结集的有：《宿莽》《茅盾散文集》《话匣子》《速写与随笔》《印象·感想·回忆》《炮火的洗礼》《见闻杂记》《茅盾随笔》《时间的记录》《生活之一页》《苏联见闻录》《杂谈苏联》《跃进中的东北》《茅盾散文速写集》《茅盾散文选集》，计15种。

作为散文作家的茅盾，其记叙人事之外，兼具小说家的精细严整，不如一般散文作家的自然写意。抒情强烈，却并不秾丽如徐志摩；象征性强，又不似鲁迅《野草》的隐晦而沉郁。他的文字，立意高远，视界开阔，外刚内柔，作风多变。所欠者约束太过，"散"得不够。论者每每注重他的抒情记事之作，其实，他的随笔，文化价值是颇高的。鉴于此，本书收入这方面的作品，要比其他选本为多。

目 录

第一辑

人与风景

一个青年的信札 / 3

五月三十日的下午 / 9

疲倦 / 13

严霜下的梦 / 16

叩门 / 22

卖豆腐的哨子 / 24

雾 / 26

虹 / 28

速写二 / 31

邻一 / 33

邻二 / 36

冥屋 / 38

香市 / 41

疯子 / 44

乡村杂景　　/ 52

冬天　/ 57

雷雨前　/ 60

谈月亮　/ 63

天窗　/ 70

黄昏　/ 72

炮火的洗礼　/ 74

风景谈　/ 76

雾中偶记　/ 83

白杨礼赞　　/ 87

大地山河　/ 90

谈鼠　/ 93

蝙蝠　/ 98

森林中的绅士　/ 100

为《亲人们》　/ 104

悼佩弦先生　/ 106

我的中学生时代及其后　/ 108

第二辑

火与智慧

佩服与崇拜 / 117

"全"或"无" / 120

罪人与诗人 / 122

顾全面子 / 123

办公与营私 / 124

风，雨 / 125

做梦 / 126

做官秘诀 / 127

猪兔之争 / 128

"审定"的推测 / 129

谄与媚 / 130

政客之行径 / 131

救灾 / 132

昨天所见的事 / 133

同是幻术 / 134

空气作用 / 135

软性读物与硬性读物 / 136

现代的！ / 139

学生 / 141

时髦病 / 143

论洋八股 / 145

现代青年的迷惘 / 147

谈迷信之类 / 149

新年展望 / 154

读史有感 / 156

聪明与矛盾 / 158

团结精神 / 160

说"独" / 162

"五四"的精神 / 164

忆五四青年 / 166

读史偶得 / 168

从"戏"说起 / 170

听说 / 172

科学与民主 / 174

中庸之道 / 176

释"谣" / 177

谈所谓"暴露" / 179

再谈"暴露" / 181

"士"与"儒"之混协 / 183

《孔夫子》 / 185

谈提倡学术之类 / 187

人权运动就是加强抗战的力量 / 189

由"侦谎机"而建一议 / 191

谈所谓"可塑性" / 193

"古"与"今" / 195

"善忘"与"不忘" / 197

回忆之类 / 199

闻笑有感 / 203

为"一二·一"惨案作 / 207

第三辑

风与沉思

五四运动与青年们底思想　/ 211

"士气"与学生的政治运动　/ 219

青年苦闷的分析　/ 236

我们这文坛　/ 242

"知识分子"试论之一

　　　——正名篇　/ 248

"知识分子"试论之二

　　　——知识篇　/ 251

雨天杂写之一　/ 253

雨天杂写之二　/ 259

雨天杂写之三　/ 262

人与风景

我开窗透点新鲜空气，茫茫一片，雾是更加浓了罢？已经不辨皂白。然而不一定坏。浓雾之后，朗天化日也跟着来。

一个青年的信札

一

　　……我居然到了目的地了。这里真是我的理想世界。这里的湖水，颜色就像碧玉；这里山上的树长着嫩红的小叶；这里的鸟唱着醉人的曲调；这里的风吹着窗上糊的纸儿呜呜的像是一派幽乐；这里的油盏，只有绿豆般大小的光芒，一跳一跳的，很有神秘的美妙；这里的土，每逢雨后蒸发出醇厚的迷人的气味来；这里的狗，在深夜的静寂里叫噪，也颇抑扬宛转，合于艺术的格调；这里的蚤虱——是很多的，咬起人来，也是神奇的，它使我感着一种异样的痒的快乐；这里的……总而言之，这里的一切都是神秘的，美的醉人的。如果地上有所谓乐园，那我要说就是这里了。我如今当真是睡在大自然母亲的怀抱里了！我现在总算是过着人的生活了！你想我在这里沉思默想体验参悟上半年，怕不成了一个神秘诗人么？好了！我不多说了；恐怕再说多了，你要说我是在骄你啦！

　　　　　　　　　　　　　你的老朋友涵虚　十九日。

二

这两天里，一个奇遇——奇遇，喂，朋友，不如说是奇迹（Miracle）罢，落在我身上了。你平日常以为那不过是'小说家说说罢了'的事，于今我是亲身实验着了。昨天早晨，我挟了一本《泰戈尔诗选》，或者是《陶渊明诗选》，到湖边的一块光石头上，坐着吟哦，忽然，那边，浅滩上洗衣的一个妙龄女郎，频频回过头来看我。我从她那秀媚的眼皮，认识出她的天真纯洁的热情来了。朋友，我老实告诉你，这位女郎，这位安琪儿的频频顾盼，确不是偶然的无意义的顾盼呀！我灵魂的深处，这样的提醒我。喂，老朋友，像这里的艺术的环境里，山川毓秀，当然个个女郎是诗人的好伴侣，天才的慰安者呵！我是立刻发见这个真理的。我格外提高了音调来吟哦。我确知道树头的小鸟，草根边的虫豸，石头爬的蚂蚁，都在静听我那美妙的神秘的音乐的诗句。而尤其那女郎，不是用她的外耳，是用她的内耳，她的心耳，在听着。可不是么？她提着湿漉漉的衣服回去时，她又再三的回头，把神异的眼波灌溉我。哈！我是在幸福中了！理想的……理想的……

你的老友涵虚　二十二日。

4

三

你已经收到我的第二封信罢？我想你是等待我的第三封信——或许是艳羡地等待着罢？我最近的生活是值得艳羡的！这几日，我是每天清早挟了诗集坐在湖滩的我那光石头上的；我默享那山色湖光，同时也期待我的安琪儿。今天我去的格外早，果然看见伊又在那里了。我方才恍然于前昨两日的不见伊，为的是去的太迟。在这种美化的环境里，我不早些起来到湖边去吟诗给枝头的小鸟儿听，给草叶上的露珠听，我是一个何等的俗人呵！这都是快活的冥想害我的。使我前二天不能早起。伊今天只回头看我一眼，在我刚到了那里，吟第一声的时候。但是伊当然是更用心更关切的听我。从湖边回来后，我看见你第一次的来信。咳！你怎么说了那许多政治的话呢！政治！什么政治！政治算得什么呢！政治是俗不过的东西！我们有的是伟大的精神文明，管那些脆弱的物质文明作甚？我恳求你，别再对我谈那个了。你又说上一大篇什么法朗士①死了的话。我诚恳的劝你，不要再管什么法郎，什么马克了。你对我说，那个法朗士，曾经做过什么《萨兰波》②，用了七八年的大工夫去翻旧书，考证他小说里应用的环境，我一看这个话，

---

① 法朗士（A. France，1884—1924），法国作家，文艺评论家。著有小说《黛依丝》和文艺评论集《文艺生活》等。

② 《萨兰波》：通译《萨朗宝》。法国作家福楼拜（C. Flaubert，1821—1880）作的历史小说。这里误为法朗士作。

便知道这个法朗士准是一个傻子，不懂得什么叫文艺的！我们做小说，全是心弦的自然的啸鸣，情趣的自然的流露，用得着那样苦心焦思么？所以法朗士不是一个伟大的诗人。我就不知道他是何等样的人。料想来，不过是一个物质文明的崇拜者罢了。他的生活一定是不合理的，这也难怪。不是人人可以过着合理的人的生活的。我也是此刻才如愿以偿的过着了合理的人的生活。老朋友，你能说终天不看见一片山，一湾水，一些鸟鸣，不吟哦一二首诗的生活是合理的人的生活么？……

老友涵虚　二十五日。

四

我告诉你，我已经看出来了。人是虚伪的！人都是盲心瞎眼的！人生是无味的，黑暗的，虚空的！昨天我第三次见着伊，我想这是第三次了，应该谭谭，交换交换意见。咳！你无论如何猜不着伊是怎样回答我的！我是坦白的热诚的捧出我的心来，伊，伊一把扔在地下，很忍心的践踏了。我跟上去想诉说，伊连头也不回，匆匆的只管走，还骂我呢！骂我什么，我不愿意说了，总之，是虚伪，不了解，……天地间全是黑暗的势力，人生是无聊的！

涵虚，二十九日。

五

烦闷！你问我近来怎样么？就是烦闷。这个地方是未开化、野蛮的。睡的，没有钢丝垫的铁床，只是木板；听的，只是嗥嗥的野犬吠，杂乱哳嘈的草虫鸣声，啾唧可厌的野鸟叫，没有梵俄令，没有批霞①的声音！不要说电灯，连美孚灯②也没有，只有旧式的纪元前的油盏，绿豆大的火光正像鬼火。蚤虱比蝎子还利害。人们多是面目可憎，语言无味的。这简直是野蛮世界，我们文明人没法安身的！我住了十多天，方才认明白这种野蛮状况，真是奇怪！在这里生活，真是猪狗一般！这种生活不是人过的！我从来没有经过这种非人的生活。天地之大，何所不有；想来这种野蛮村落，国内多着哩！所以世界是黑暗的，人生是悲哀的！烦闷，烦闷！

你的老友涵虚　二日。

六

我得着你来慰安我的信，很是感谢。但是幸而我早已得着

---

①　梵俄令：英语violin的音译，意即小提琴。批霞，英语piano的音译，意即钢琴。

②　美孚灯：即煤油灯。当时我国所用煤油多进口自美国美孚石油公司，故旧时亦称煤油灯为美孚灯。

慰安——真实的慰安了。今天我觉得天上的云是带笑容的，鸟鸣格外委婉温柔；世界原来毕竟是光明的，人生是可爱的，这里的自然的艺术的环境毕竟是理想的。昨天无意中又遇见伊，伊又顾盼我二次。人与人的精诚毕竟相通的。我没有时间细讲那经过的时地了。老朋友，莫轻易诅咒人生；人生毕竟是光明的。

你的老朋友涵虚　四日。

七

无论如何，明天我一定回来了，我们相见不远了，可以面谭了。我又经过了一次幻灭。人总是虚伪的；尤其是女子。这里是未开化的地方；山，水，虫，鸟……一切，一切，都带野蛮气，我再也受不住了。明天一定回到老地方了。我们文明人，究竟还是住都市相宜。不说别的，都市的女士们就开通得多，解放得多呢！然而，人们毕竟是虚伪的多，尤其是女子；人生是该诅骂的，是黑暗的，无望的。

你的老友涵虚　九日。

五月三十日的下午

　　这是一个闷热的下午，这是一个暴风雨的先驱的闷热的下午！我看见穿着艳冶夏装的太太们，晃着满意的红喷喷大面孔的绅士们！我看见"太太们的乐园"[①]依旧大开着门欢迎它的主顾；我只看见街角上有不多几个短衣人在那里切切议论。

　　一切都很自然，很满意，很平静，——除了那边切切议论的几个短衣人。

　　谁肯相信半小时前就在这高耸云霄的"太太们的乐园"旁曾演过空前的悲壮热烈的活剧？有万千"争自由"的旗帜飞舞，有万千"打倒帝国主义"的呼声震荡，有多少勇敢的青年洒他们的热血要把这块灰色的土地染红！谁还记得在这里竟曾向密集的群众开放排枪！谁还记得先进的文明人曾卸下了假面具露一露他们的狠毒丑恶的本相！忘了，一切都忘了；可爱的驯良的大量的市民们绅士们体面商人们早把一切都忘了！

　　那边路旁不知是什么商铺的门槛旁，斜躺着几块碎玻璃片

---

　　① 　左拉（Zola）以近代大规模的百货商店为描写对象的小说，名曰《太太们的乐园》。

带着枪伤。我看见一个纤腰长裙金黄头发的妇女踹着那碎玻璃，姗姗地走过，嘴角上还浮出一个浅笑。我又看见一个鬓戴粉红绢花的少女倚在大肚子绅士的臂膊上也踹着那些碎玻璃走过，两人交换一个了解的微笑。

呵！可怜的碎玻璃片呀！可敬的枪弹的牺牲品呀！我向你敬礼！你是今天争自由而死的战士以外唯一的被牺牲者么？争自由的战士呀！你们为了他们而牺牲的，许也只受到他们微微的一笑和这些碎玻璃片一样罢？微笑！恶意的微笑！卑怯的微笑！永不能忘却的微笑！我觉得我是站在荒凉的沙漠里，只有这放大的微笑在我眼前晃；我惘惘然拾取了一片碎玻璃，我吻它，迸出了一句话道："既然一切医院都拒绝我去向受伤的死的战士敬礼，我就对你——和死者伤者同命运的你，致敬礼罢！"我捧着这碎片狂吻。

忽地有极漂亮的声音在我耳边响道："他们简直疯了！他们想拼着头颅撞开地狱的铁门么？"我陡的转过身去，我看见一位翘着八字须的先生（许是什么博士罢）正斜着眼睛看我。他，好生面熟；我努力要记起他的姓名来。他又冲着我的面孔说道："我不是说地狱门不应该打开，我是觉得犯不着撞碎头颅去打开——而况即使拼了头颅未必打得开。难道我们没有别的和平的方法么？而况这很有过激化的嫌疑么？我们是爱和平的民族，总该用文明手段呀。实在最好是祈祷上苍，转移人心于冥冥之中。再不然，我们有的是东方精神文明，区区肉体上的屈辱何必计较——哈，你想不起我是谁么？"

实在抱歉，我听了这一番话，更想不起他是谁了，我只有向他鞠躬，便离开了他。

然而他那番话，还在我耳旁作怪地嗡嗡地响；我又恍惚觉得他的身体放大了，很顽强地站在我面前，挡住我的去路；又看见他幻化为数千百，在人丛里乱钻；终于我看见街上熙熙攘攘往来的，都是他的化身了，而张牙舞爪的吃人的怪兽却高踞在他们头上狞笑！突然幻象全消，现出一片真景来：那边站满"华人"的水泥行人道上，跳上一匹马，驮了一个黄发碧眼的武装的人，提着木棍不分皂白乱打。棍子碰着皮肉的回音使我听去好像是："难道我们没有别的和平的方法么？……我们有的是东方精神文明，区区肉体上的屈辱何必计较！"和平方法呀！这未尝不是一个好名词。可惜对于无条件被人打被人杀的人们不配！挨打挨杀的人们嘴里的和平方法有什么意义？人家不来同你和平，你有什么办法呢？和平方法是势力相等的办交涉时的漂亮话，出之于被打被杀者的嘴里是何等卑怯无耻呀！人家何尝把你当作平等的人。爱谈和平方法的先生们呀，你们脸是黄的，发是黑的，鼻梁是平的，人家看来你总是一个劣等民族，只有人家高兴给你和平，没有你开口要求的份儿哩！"以眼还眼，以牙还牙！"信奉这条教义的穆罕默德的子孙们现在终于又挺起身子了！这才有开口向人家讲和平办法的资格呵！像我们现在呢，也只有一个办法："以眼还眼，以牙还牙！"不甘心少，也不要多！

"以眼还眼，以牙还牙！"这两句话不断地在我脑海里回旋；我在人丛里忿怒地推挤，我想找几个人来讨论我的新信仰。忽然疏疏落落的下起雨来了，暮色已经围抱着这都市，街上行人也渐渐稀少了。我转入一条小弄，雨下得更密了。路灯在雨中放着安静的冷光。这还是一个闷热的黄昏，这使我满载着郁怒的心更加烦躁。风挟着细雨吹到我脸上，稍感着些凉快；但是随风送来的一种特别声浪忽地又使我的热血在颞颥部血管里乱跳；这是一阵歌吹声，竹牌声，哗笑声！他们离流血的地点不过百步，距流血的时间不过一小时，竟然歌吹作乐呵！我的心抖了，我开始诅咒这都市，这污秽无耻的都市，这虎狼在上而豕鹿在下的都市！我祈求热血来洗刷这一切的强横暴虐，同时也洗刷这卑贱无耻呀！

雨点更粗更密了，风力也似乎劲了些：这许就是闷热后必然有的暴风雨的先遣队罢？

5月30日夜于上海。

疲 倦

大家都已经疲倦了。想得到，要说的，都已说过了；办得到，要做的，都已做过了；剩下来还有什么呢？只觉得前途渺茫而已。热情的高潮，已成为过去，在喘息的刹那间，便露出了疲容。

"我们想得到，要说的，都已尽量的说过了；办得到，要办的，都已尽量的办过了；而事情还不过如此！"他们说。

不错！在他们既已说完一切想得到的要说的，做过一切办得到的要做的，以后，而事情还不过如此，他们觉得没有路了，没有事做了，并且明明另有路另有事又不愿意去走去办，那么除了"疲倦"，他们还有什么？

最近爱多亚路的枪声①便把这普遍的疲倦状态揭开了幕。

科学的先进者是知道怎样试验的。他们故意打了个金枪针，看有什么反应。果然我们大好的华胄被他们试验出来了；金枪针打过后的反应是疲倦——低暗的呻吟与衰弱的抽搐。

---

① 爱多亚路的枪声：1925年9月7日，上海各界群众举行国耻纪念会和游行示威后，永安纺织厂工人经过英、法租界交界处的爱多亚路时，遭到英国巡捕的殴打和枪击，多人受伤，一人被捕。

打针者于是相视而笑，莫逆于心道："如何？"

这当然是新的耻辱，然而奈此人心疲倦何！

什么新的耻辱！可不是已经成了"债多不嫌"么？

我们皇皇华胄确是老大民族，但是近来返老还童，显出格外幼稚。人家在旁边窃窃私语道："看呀！看他高喊过狂跳过以后，就会疲倦；那时就静下来了。再一会儿，又沉沉睡着了。"不幸我们竟不出人家所料。

我确信我们这老大民族里的新生细胞在喊过跳过后并不疲倦，并不觉得无路可走，而新理想正在他们中间流布，新势力正在蓄积，可是老民族的背脊骨——那就是现在社会的中坚——却确已十二分的疲乏，要躺下去了。背脊骨不能再立若干时，一定要躺下去，新生细胞纵然勇气虎虎亦不中用。这便是目前普遍的疲倦状态的内幕。

这是脊柱衰弱症，最厉害的病症！

医生有法子治疗这凶症么？医生摇头道："除非换一根少壮的脊柱。"个人的脊柱当然没法换一根，然而要换民族的脊柱总该有法子。

新生细胞踊跃道："让我们来试试支撑这个弱大的躯壳。"然而他们不是脊柱骨，不在其位，不让谋其事，简直是白告了奋勇。

一个更聪明的医生来了，他提出新意见："脊柱的灵魂是脊髓，脊柱只不过是一所房子，骨髓方是其中的主人。根本的治疗法在于换过房子里的主人，并不在于拆造房子。我们要从脊柱里取去干枯的脊髓，换进红润多血的新脊髓！"

新生细胞闻言欣然而去，努力作"换脊髓运动"。

但是这个工作决非旦夕所可告成，所以这个大躯壳一定还有多少时候是疲容满面的躺着，不死不活不动。

一群年幼的细胞也昏沉沉的感觉着疲倦，但他们名之曰烦闷。他们曾有过太美满的幻想，过分的希望；他们曾经仗藉那太美满的幻想和过分的希望作兴奋剂，而热烈的活动过。譬如饮酒过度，当时果然借力，酒醒时却分外的困顿。他们实在是被自己的浪漫思想弄得疲倦了，却自谓为烦闷；烦闷到极处，可以反动，可以自杀。

这是疲倦的又一方式了。这种自造的疲倦有一个简便的治疗法，就是少饮些自醉的酒。

严霜下的梦

　　七八岁以至十一二，大概是最会做梦最多梦的时代罢？梦中得了久慕而不得的玩具；梦中居然离开了大人们的注意的眼光，畅畅快快地弄水弄火；梦中到了民间传说里的神仙之居，满撄了好玩的好吃的。当母亲铺好了温暖的被窝，我们孩子勇敢地钻进了以后，嗅着那股奇特的旧绸的气味，刚合上了眼皮，一些红的、绿的、紫的、橙黄的、金碧的、银灰的，圆体和三角体，各自不歇地在颤动，在扩大，在收小，在漂浮的，便争先恐后地挤进我们孩子的闭合的眼睑；这大概就是梦的接引使者罢？从这些活动的虹桥，我们孩子便进了梦境；于是便真实地享受了梦国的自由的乐趣。

　　大人们可就不能这么常有便宜的梦了。在大人们，夜是白天勤劳后的休息；当四肢发酸，神经麻木，软倒在枕头上以后，总是无端的便失了知觉，直到七八小时以后，苏生的精力再机械地唤醒他，方才揉了揉睡眼，再奔赴生活的前程。大人们是没有梦的！即使有了梦，那也不过是白天忧劳苦闷的利息，徒增醒后的惊悸，像一篇好的悲剧，夸大地描出了悲哀的组织，使你更能意识到而已。即使有了可乐意的好梦，那又还不是睡谷的恶意的孩子们来嘲笑你的现实生活里的失意？来给你一个强烈的对比，使你更能意识到生活的愁苦？

能够真心地如实地享乐梦中的快活的，恐怕只有七八岁以至十一二的孩子罢？在大人们，谁也没有这等廉价的享乐罢？说是尹氏的役夫①曾经真心地如实地享受过梦的快乐来，大概只不过是伪《列子》杂收的一段古人的寓言罢哩。在我尖锐的理性，总不肯让我跌进了玄之又玄的国境，让幻想的抚摸来安慰了现实的伤痕。我总觉得，梦，不是来挖深我的创痛，就是来嘲笑我的失意；所以我是梦的仇人，我不愿意晚上再由梦来打搅我的可怜的休息。

但是惯会揶揄人们的顽固的梦，终于光顾了；我连得了几个梦。

——步哨放的多么远！可爱的步哨呵：我们似曾相识。你们和风雨操场周围的荷枪守卫者，许就是亲兄弟？是的，你们是。再看呀！那穿了整齐的制服，紧捏着长木棍子的小英雄，够多么可爱！我看见许多认识的和不认识的面孔，男的和女的，穿便衣的和穿军装的，短衣的和长褂的：脸上都耀着十分的喜气，像许多小太阳。我听见许多方言的急口的说话，我不尽懂得，可是我明白——真的，我从心底里明白他们的意义。

---

① 尹氏的役夫：典出《列子·周穆王第三》。岗豪尹氏的役夫日间服役劳苦不堪，夜梦自己是国君极享其乐，故苟安于现状；尹氏日极享乐，梦中却服苦役。后来尹氏在友人劝诫下减轻了其役夫的劳役。

——可不是？我又听得悲壮的歌声，激昂的军乐，狂欢的呼喊，春雷似的鼓掌，沉痛的演说。

——我看见了庄严，看见了美妙，看见了热烈，而且，该是一切好梦里应有的事罢，我看见未来的憧憬凝结而成为现实。

——我的陶醉的心，猛击着我的胸膈。呀！这不客气的小东西，竟跳出了咽喉关，即使我的两排白灿灿的牙齿是那么壁垒森严，也阻不住这猩红的一团！它飞出去了，挂在空间。而且，这分明是荒唐的梦了，我看见许多心都从各人的嘴唇边飞出来，都挂在空间，联结成为红的热的动的一片；而且，我又见这一片上显出字迹来。

——我空着腔子，努力想看明白这些字迹；头是最先看见："中国民族革命的发展"。尾巴也映进了我的眼帘："世界革命的三大柱石"。可是中段，却很模糊了；我继续努力辨识，忽然，轰！屋梁凭空掉下来。好像我也大叫了一声；可是，以后，什么都不知道，什么都已消灭！

我的脸，像受人劈了一掌；意识回到我身上；我听得了扑扑的翅膀声，我知道又是那不名誉的蝙蝠把它的灰色的似是而非的翼子扇了我的脸。

"呔！"我不自觉的喊出来。然后，静寂又回复了统治；我只听得那小东西的翅膀在凝冻的空气中无目的地乱扑。窗缝中透进了寒光，我知道这是肃杀的严霜的光，我翻了个身，又沉沉地负气似的睡着了。

——好血腥呀，天在雨血！这不是宋王皮囊里的牛羊狗血，是真正老牌的人血。是男子颈间的血，女人的割破的乳房的血，小孩子心肝的血。血，血！天开了窟窿似的在下血！青绿的原野，染成了绛赤。我撩起了衣裾急走。我想逃避这还是温热的血。

——然后，我又看见了火。这不是Nero[1]烧罗马引起他的诗兴的火，这是地狱的火；这是Surtr[2]烧毁了空陆冥三界的火！轰轰的火柱卷上天空，太阳骇成了淡黄脸，苍穹涨红着无可奈何似的在那里挺捱。高高的山岩，熔成了半固定质，像饧糖似的软摊开来，填平了地面上的一切坎坷。而我，我也被胶结在这坦荡荡的硬壳下。

"呔！"

冷空气中震颤着我这一声喊。寒光从窗缝中透进来，我知道这还是别人家瓦上的严霜的光亮，这不是天明的曙光；我不管事似的又翻了个身，又沉沉的负气似的睡着了。

---

① Nero：英语，即尼禄（Nero Claudius Caesar，37—68），古罗马皇帝。以暴虐、放荡闻名。公元64年罗马城大火，传说他有唆使纵火的嫌疑。

② Surtr：古挪威语，即北欧神话中的火焰巨人苏尔特尔。冰雪是北欧人的大敌。传说苏尔特尔有一发亮的大刀，常给北方来的冰山以致命的刺击。北欧神话中还说陆、海、冥三界分别为神奥定（Odin），费利（Vili）和凡（Ve）所主宰。

——玫瑰色的灯光，射在雪白的臂膊上；轻纱下面，颤动着温软的乳房，嫩红的乳头像两粒诱人馋吻的樱桃。细白米一样的齿缝间淌出Sirens①的迷魂的音乐。可爱的Valkyrs②，刚从血泊里回来的Valkyrs，依旧是那样美妙！三四辈少年，围坐着谈论些什么；他们的眼睛闪出坚决的牺牲的光。像一个旁观者，我完全迷乱了。我猜不透他们是准备赴结婚的礼堂呢，抑是赴坟墓？可是他们都高兴地谈着我所不大明白的话。

——"到明天……"

——"到明天，我们不是死，就是跳舞了！"

——我突然明白了；同时，我的心房也突然缩紧了；死不是我的事，跳舞有我的份儿么？像小孩子牵住了母亲的衣裙要求带赴一个宴会似的，我攀住了一只臂膊。我祈求，我自讼。我哭泣了！但是，没有了热的活的臂膊，却是焦黑的发散着烂肉臭味的什么了——我该说是一条从烈火里擎出来的断腿罢？我觉得有一股铅浪，从我的心里滚到脑壳。我听见女子的歇斯底里的喊叫，我仿佛看见许多狼，张开了利锯样的尖嘴，在撕碎美丽的身体。我听得愤怒的呻吟。我听得饱足了兽欲的灰色

---

① Sirens：英语，今译塞壬，古希腊传说中半身是人半身是鸟的海妖，常以美妙的歌声诱杀过路的海员。

② Valkyrs：女武神，又译瓦尔基里，北欧神话中神的十二个侍女之一，其职责是飞临战场上空，选择那些应阵亡者和引导他们的英灵赴奥定神的殿堂宴饮。

东西的狂笑。

我惊悸地抱着被窝一跳；又是什么都没有了。

呵，还是梦！恶意的揄揶人的梦呵！寒光更强烈的从窗缝里探进头来，嘲笑似的落在我脸上；霜华一定是更浓重了，但是什么时候天才亮呀？什么时候，Aurora①的可爱的手指来赶走凶残的噩梦的统治呀？

1928年1月12日于荷叶地。

---

① Aurora：英语，古罗马神话中的曙光女神。

叩　门

　　答，答，答！

　　我从梦中跳醒来。

　　——有谁在叩我的门？我迷惘地这么想。我侧耳静听，声音没有了。头上的电灯洒一些淡黄的光在我的惺忪的脸上。纸窗和帐子依然是那么沉静。

　　我翻了个身，朦胧地又将入梦，突然那声音又将我唤醒。在答、答的小响外，这次我又听得了呼——呼——的巨声。是北风的怒吼罢？抑是"人"的觉醒？我不能决定。但是我的血沸腾。我似乎已经飞出了房间，跨在北风的颈上，砉然驱驰于长空！

　　然而巨声却又模糊了，低微了，消失了；蜕化下来的只是一段寂寞的虚空。

　　——只因为是虚空，所以才有那样的巨声呢！我哑然失笑，明白我是受了哄。

　　我睁大了眼，紧裹在沉思中。许多面孔，错落地在我眼前跳舞；许多人声，嘈杂地在我耳边争讼。蓦地一切都寂灭了，依然是那答、答、答的小声从窗边传来，像有人在叩门。

　　"是谁呢？有什么事？"

我不耐烦地呼喊了。但是没有回音。

我捻灭了电灯。窗外是青色的天空闪耀着几点寒星。这样的夜半，该不会有什么人来叩门，我想；而且果真是有什么人呀，那也一定是妄人：这样唤醒了人，却没有回音。

但是打断了我的感想，现在门外是殷殷然有些像雷鸣。自然不是蚊雷。蚊子的确还有，可是躲在暗角里，早失却了成雷的气势。我也明知道不是真雷，那在目前也还是太早。我在被窝内翻了个身，把左耳朵贴在枕头上，心里疑惑这殷殷然的声音只是我的耳朵的自鸣。然而忽地，又是——

答，答，答！

这第三次的叩声，在冷空气中扩散开来，格外的响，颇带些凄厉的气氛。我无论如何再耐不住了，我跳起身来，拉开了门往外望。

什么也没有。镰刀形的月亮在门前池中送出冷冷的微光，池畔的一排樱树，裸露在凝冻了的空气中，轻轻地颤着。

什么也没有，只一条黑狗趴在门口，侧着头，像是在那里偷听什么，现在是很害羞似的垂了头，慢慢地挨到檐前的地板下，把嘴巴藏在毛茸茸的颈间，缩做了一堆。

我暂时可怜这灰色的畜生，虽然一个忿忿的怒斥掠过我的脑膜：

是你这工于吠声吠影的东西，丑人作怪似的惊醒了人，却只给人们一个空虚！

卖豆腐的哨子

早上醒来的时候，听得卖豆腐的哨子在窗外呜呜地吹。

每次这哨子声引起了我不少的怅惘。

并不是它那低叹暗泣似的声调在诱发我的漂泊者的乡愁；不是呢，像我这样的outcast[①]，没有了故乡，也没有了祖国，所谓"乡愁"之类的优雅的情绪，轻易不会兜上我的心头。

也不是它那类乎军笳然而已颇小规模的悲壮的颤音，使我联想到另一方面的烟云似的过去；也不是呢，过去的，只留下淡淡的一道痕，早已为现实的严肃和未来的闪光所掩煞所销毁。

所以我这怅惘是难言的。然而每次我听到这呜呜的声音，我总抑不住胸间那股回荡起伏的怅惘的滋味。

昨夜我在夜市上，也感到了同样酸辣的滋味。

每次我到夜市，看见那些用一张席片挡住了潮湿的泥土，就这么着货物和人一同挤在上面，冒着寒风在嚷嚷然叫卖的衣衫褴褛的小贩子，我总是感得了说不出的怅惘的心情。说是在

---

① outcast：英语。意即无家可归的人或漂流的人。

怜悯他们么？我知道怜悯是亵渎的。那么，说是在同情于他们罢？我又觉得太轻。我心底里钦佩他们那种求生存的忠实的手段和态度，然而，亦未始不以为那是太拙笨。我从他们那雄辩似的"夸卖"声中感得了他们的心的哀诉。我仿佛看见他们吁出的热气在天空中凝集为一片灰色的云。

可是他们没有呜呜的哨子。没有这像是闷在瓮中，像是透过了重压而挣扎出来的地下的声音，作为他们的生活的象征。

呜呜的声音震破了冻凝的空气在我窗前过去了。我倾耳静听，我似乎已经从这单调的呜呜中读出了无数文字。

我猛然推开帐子，遥望屋后的天空。我看见了些什么呢？我只看见满天白茫茫的愁雾。

雾

雾遮没了正对着后窗的一带山峰。

我还不知道这些山峰叫什么名儿。我来此的第一夜就看见那最高的一座山的顶巅像钻石装成的宝冕似的灯火。那时我的房里还没有电灯，每晚上在暗中默坐，凝望这半空的一片光明，使我记起了儿时所读的童话。实在的呢，这排列得很整齐的依稀分为三层的火球，衬着黑魆魆的山峰的背景，无论如何，是会引起非人间的缥缈的思想的。

但在白天看来，却就平凡得很。并排的五六个山峰，差不多高低，就只最西的一峰戴着一簇房子，其余的仅只有树；中间最大的一峰竟还有濯濯的一大块，像是癞子头上的疮疤。

现在那照例的晨雾把什么都遮没了；就是稍远的电线杆也躲得毫无影踪。

渐渐地太阳光从浓雾中钻出来了。那也是可怜的太阳呢！光是那样的淡弱。随后它也躲开，让白茫茫的浓雾吞噬了一切，包围了大地。

我诅咒这抹煞一切的雾！

我自然也讨厌寒风和冰雪。但和雾比较起来，我是宁愿后者呵！寒风和冰雪的天气能够杀人，但也刺激人们活动起来奋斗。雾，雾呀，只使你苦闷，使你颓唐阑珊，像陷在烂泥淖中，满心想挣扎，可是无从着力呢！

傍午的时候，雾变成了牛毛雨，像帘子似的老是挂在窗前。两三丈以外，便只见一片烟云——依然遮抹一切，只不是雾样的罢了。没有风。门前池中的残荷梗时时忽然急剧地动摇起来，接着便有红鲤鱼的活泼泼的跳跃划破了死一样平静的水面。

我不知道红鲤鱼的轨外行动是不是为了不堪沉闷的压迫？在我呢，既然没有呆呆的太阳，便宁愿有疾风大雨，很不耐这愁雾的后身的牛毛雨老是像帘子一样挂在窗前。

1928年11月14日。

虹

不知在什么时候，金红色的太阳光已经铺满了北面的一带山峰。但我的窗前依然洒着绵绵的细雨。

早先已经听人说过这里的天气不很好。敢就是指这样的一边耀着阳光，一边却落着泥人的细雨？光景是多少像故乡的黄梅时节呀！出太阳，又下雨。

但前晚是有过浓霜的了。气温是华氏表四十度。

无论如何，太阳光是欢迎的。我坐在南窗下看 N. Evréinoff[①]的剧本。看这本书，已经是第三次了；可是对于那个象征了顾问和援助者，并且另有五个人物代表他的多方面的人格的剧中主人公Paraclete，我还是不知道应该憎呢或是爱？

这不是也很像今天这出太阳又下雨的天气么？

我放下书，凝眸遥瞩东面的披着斜阳的金衣的山峰，我的思想跑得远远的。我觉得这山顶的几簇白房屋就仿佛是中古时代的堡垒；那里面的主人应该是全身裹着铁片的骑士和轻盈婀

---

① N. Evréinoff：尼·叶夫列伊诺夫（1879—1953），俄国剧作家、戏剧理论家和史学家。

娜的美人。

欧洲的骑士样的武士，岂不是曾在这里横行过一世？百余年前，这群山环抱的故都，岂不是一定曾有些挥着十八贯的铁棒的壮士？岂不是余风流沫尚像地下泉似的激荡着这个近代化的散文的都市？

低下头去，我浸入于缥缈的沉思中了。

当我再抬头时，咄！分明的一道彩虹划破了蔚蓝的晚空。什么时候它出来，我不知道；但现在它像一座长桥，宛宛地从东面山顶的白房屋后面，跨到北面的一个较高的青翠的山峰。呵，你虹！古代希腊人说你是渡了麦丘立到冥国内索回春之女神①，你是美丽的希望的象征！

但虹一样的希望也太使人伤心。

于是我又恍惚看见穿了锁子铠，戴着铁面具的骑士涌现在这半空的彩桥上；他是要找他曾经发过誓矢忠不二的"贵夫人"呢？还是要扫除人间的不平？抑或他就是狐假虎威的"鹰骑士"？

---

① 春之女神：指希腊神话中春之女神普洛色宾纳。她被冥王晋路同抢去藏在地下的冥国。其母（地母）得墨忒耳忧愁地躲了起来，于是禾稼焦枯、百草凋落。麦丘立（另一神名）驾了长虹到冥国救出了春之女神。但冥王骗普洛色宾纳吃了六颗（一说四颗）石榴子，故此她每年有六个月（一说四个月）回到冥国，地母也要躲在家里哀悼她的女儿。这则神话反映了古希腊人对冬天和春天交替出现所做的解释。

天色渐渐黑下来了，书桌上的电灯突然放光，我从幻想中抽身。

　　像中世纪骑士那样站在虹的桥上，高揭着什么怪好听的旗号，而实在只是出风头，或竟是待价而沽，这样的新式的骑士，在"新黑暗时代"的今日，大概是不会少有的罢？

速写二

水声很单调地响着，琅琅地似乎有回音。浓雾一般的水蒸气挂在白垩的穹隆形屋顶下，又是入睡似的静定。

不知从什么时候起，浴场中只剩下我一个人。

坐在池子边的木板上，我慢慢地用浸透了肥皂沫的手巾摩擦身体。离开我的眼睛约莫有两尺远近，便是那靠着墙壁的长方形的温水槽，现在也明晃晃地像一面大镜子。

可是我不能看见我自己的影。我的三十度角投射的眼光却看见了那水槽的通到隔壁浴场的同样大小的镜平的水面。

这样在隔断了的两个浴场中间却依然有这地下泉似的贯通彼此的温水槽呢！而现在，却又是映见两方的镜子。我想起故乡民间传说里的跨立在阴阳界上的那面神秘的镜子来了。岂不是一半映出阴间的事而又一半映出阳间的事，正仿佛等于这个温水槽的临时的明镜？

我赞美这个民间传说的奇瑰的想象，我悠悠然推索这个民间传说的现实的张本。我下意识地更将头放低些，却翻起眼珠注视这沟通两世界的新的阴阳镜。

蓦地一个人形印在我的眼里了。只是个后身。然而腰部的曲线却多么分明地映写在这个水的明镜！如果我是有一个失去了的此世间的恋人的呀，我怕要一定无疑地以为阳间的我此时正站在阴阳镜前面看见了在冥国的她的倩影！

一种热烈的异样的情绪抓住了我。那是痴妄的，然而同时也是圣洁的，虔诚的。

然后，正和传说中神秘的镜子同样地一闪，美丽的腰肢蓦地消失了；泼剌一声，挽着个小木盆的美丽的白手臂在镜平的水面一沉，又缩了上去。温水槽里起了晕状的波动。传说的梦幻的世界破灭了，依然是现实的浴场，依然是浓雾一般的蒸气弥漫在四壁间入睡似的静定。

1929年2月17日。

邻　一

　　樱花谢后绿叶成荫的时候，有一份人家搬进了我们左边的空屋。

　　主人是警察，有两个小孩子；大的男孩子总有八九岁了罢，已经会骑小脚踏车。小的是女孩子，也很能走了，但有时还像周岁左右的婴儿似的背在操作的母亲的背上，所以我最初以为他们有三个孩子。

　　但是右边的房屋却还是空着。常常有人来看，总没人来住。

　　忽然一天有一个中国学生带着日本老婆搬来了。却不料仅仅三天，便又搬走。

　　"那边的席子太坏，房东又不肯换……"

　　我们常常这样议论。

　　然而到底有人搬来了；扛进了几只原来是装酒瓶的木箱，又梆梆地敲了半夜。第二天，我们就看见一个女人在门前扫地。是个十足的东方式美人呢，多么娴雅幽静！很想看看她的丈夫。在第三天也看到了，却是瘦瘠苍老有一张狭长脸的和尚式的中年男子。

我们觉得这一对儿不配。偶然到我们这里来玩玩的Y君更是很义愤的猜测他们是父女。为的那男人实在可以估计到五十多岁。很能够做女子的父亲。

然而这父亲样的丈夫也是不常在家里住。每天早上，我们这位芳邻扫好了自己门前的一段地——有时也带便替我们扫，就坐在窗前的木板上，惘然望着池里的绿水。也曾经和我们招呼过，可是言语不通，彼此只能笑笑而已。这僻静的门前路便连过路人也几乎没有。在十时左右，卖豆腐的哨子又远远地吹来的时候，我们偶然探头到窗外去望，总见她还是悄悄地坐在那里。

从她的幽媚的眼波，她的常像是微笑的嘴唇，她的娴静的举止，她的多愁善感的表情，我们仿佛了解她的生平，无端替她起了感伤。啊，寂寞！幽闺自怜的寂寞！旧时诗词里所咏东方式的女子的寂寞，这不是一个实例么？

偶尔那父亲样的丈夫回来了。那也大都是在晚上，不声不响和影子一样。虽然只隔着一层比纸窗好得不多的泥墙，可是我们从没听得我们这芳邻有什么话响。却在一次听得她和警察的大孩子说话，是多么美丽的声音呀！

在我的偏见，日本话算不得好听的语言，但是在这位芳邻口中，却居然也有法国话那样美丽的音调。

以后我们常听得那样音乐似的话响了：卖豆腐的小子，收买旧货的老头儿，每一趟买卖中，我们这位芳邻总要和他们谈上十分钟以至半小时的话。当话声寂静了时，我们偶然望望窗外，照例的看见她又是惘然坐在门前的木板上，手支着下巴，似乎在凝思什么。

寂寞！我们了解她的不可排解的寂寞了！

1928年5月15日。

邻　二

春静的明窗下，什么轻微的响声也可以听到。

市外电车隆隆然的轮机声像风暴似的逼近来，又曳远了。水井上辘轳的铁链子，时或也发出索郎郎的巧笑。房主人的一大群鸽子咕咕地叫。在窗玻璃上钻撞的苍蝇也嗡嗡地凑热闹。

忽然有比较生疏的沙沙的小声从窗前碾过，在渐渐远去消失了的时候，它又回来了。这样来回地无倦怠地响着的，便是邻家小孩子的脚踏车。

这一排住家，只有这一位小朋友，他只能整天坐在他的小脚踏车上，沙沙地碾这没有行人的池畔小道。

小朋友该有八九岁了罢！他的小脸儿时常板板地，比他做警察的父亲还要严肃。母亲是太忙碌，小妹子又是太小，不懂得玩耍。所以他——这位小朋友，每天只能坐在他的小脚踏车上碾门前的泥土了。

偶然沙沙的声音在半路上戛然而止，于是便有轻情美丽的女子的话响点缀这春的寂寞。我们知道这是又一孤寂的邻人——那可爱的忧悒的日本少妇在和这寂寞的孩子谈话了。我们的好事的心便像突然感得了轻松。

但是没有听到回答。音乐样的语音也中断了。沙沙的声音又渐渐远去，然后又回来了。我们失望地向窗外张望，依然是那样的春光，依然是娴雅的身体静静地坐在门前木板上，美妙的眼睛惘然望着辽远的不知所在的地方，小脚踏车的寂寞的孩子又沙沙地跑过又回来了。

　　这寂寞的孩子！这寂寞的少妇！然而他们又无法互相安慰这难堪的春的寂寞。

　　在春静的明窗下看到了这诗一样的小小的人生的剪片，我们的心不禁沉重起来了。

冥　屋

小时候在家乡，常常喜欢看东邻的纸扎店糊"阴屋"以及"船、桥、库"一类的东西。那纸扎店的老板戴了阔铜边的老花眼镜，一面工作一面和那些靠在他柜台前捧着水烟袋的闲人谈天说地，那态度是非常潇洒。他用他那熟练的手指头折一根篾，捞一朵浆糊，或是裁一张纸，都是那样从容不迫，很有艺术家的风度。

两天或三天，他糊成一座"阴屋"。那不过三尺见方，两尺高。但是有正厅，有边厢，有楼，有庭园；庭园有花坛，有树木。一切都很精致，很完备。厅里的字画，他都请教了镇上的画师和书家。这实在算得一件"艺术品"了。手工业生产制度下的"艺术品"！

它的代价是一块几毛钱。

去年十月间，有一家亲戚的老太太"还寿经"①。我去"拜揖"，盘桓了差不多一整天。我于是看见了大都市上海的

————————

① 还寿经：为了表示儿子的孝心，在父母寿辰时（大概是五十以后连十的寿辰）请和尚念经，叫作"还寿经"，这是嘉兴、湖州一带的风俗。

纸扎店用了怎样的方法糊"阴屋"以及"船、桥、库"了！亲戚家所定的这些"冥器"，共值洋四百余元；"那是多么繁重的工作！"——我心里这么想。可是这么大的工程还得当天现做，当天现烧。并且离烧化前四小时，工程方才开始。女眷们惊讶那纸扎店怎么赶得及，然而事实上恰恰赶及那预定的烧化时间。纸扎店老板的精密估计很可以佩服。

我是看着这工程开始，看着它完成；用了和儿时同样的兴味看着。

这仍然是手工业，是手艺，毫不假用机械；可是那工程的进行，在组织上，方法上，都是道地的现代工业化！结果，这是商品，四百余元的代价！

工程就在做佛事的那个大寺的院子里开始。动员了大小十来个人，作战似的三小时的紧张！"船"是和我们镇上河里的船一样大，"桥"也和镇上的小桥差不多，"阴屋"简直是上海式的三楼三底，不过没有那么高。这样的大工程，从扎架到装潢，一气呵成，三小时的紧张！什么都是当场现做，除了"阴屋"里的纸糊家具和摆设。十来个人的总动员有精密的分工，紧张连系的动作，比起我在儿时所见那故乡的纸扎店老板捞一朵浆糊，谈一句闲天，那种悠游从容的态度来，当真有天壤之差！"艺术制作"的兴趣，当然没有了；这十几位上海式的"阴屋"工程师只是机械地制作着。一忽儿以后，所有这些船，桥，库，阴屋，都烧化了，而曾以三小时的作战精神制成了它们的"工程师",仍旧用了同样的作战的紧张帮忙着烧化。

和这些同时烧化的,据说还有半张冥土的房契(留下的半张要到将来那时候再烧)。

时代的印痕也烙在这些封建的迷信的仪式上。

1932年11月8日。

香　市

　　"清明"过后，我们镇上照例有所谓"香市"，首尾大约半个月。

　　赶"香市"的群众，主要是农民。"香市"的地点，在社庙。从前农村还是"桃源"的时候，这"香市"就是农村的"狂欢节"。因为从"清明"到"谷雨"这二十天内，风暖日丽，正是"行乐"的时令，并且又是"蚕忙"的前夜，所以到"香市"来的农民一半是祈神赐福（蚕花廿四分），一半也是预酬蚕节的辛苦劳作。所谓"借佛游春"是也。

　　于是"香市"中主要的节目无非是"吃"和"玩"。临时的茶棚，戏法场，弄缸弄瓮，走绳索，三上吊的武技班，老虎，矮子，提线戏，髦儿戏，西洋镜，——将社庙前五六十亩地的大广场挤得满满的。庙里的主人公是百草梨膏糖，花纸，各式各样泥的纸的金属的玩具，灿如繁星的"烛山"，熏得眼睛流泪的檀香烟，木拜垫上成排的磕头者。庙里庙外，人声和锣鼓声，还有孩子们手里的小喇叭、哨子的声音，混合成一片骚音，三里路外也听得见。

　　我幼时所见的"香市"，就是这样热闹的。在这"香市"

中，我不但赏鉴了所谓"国技"，我还认识了老虎，豹，猴子，穿山甲。所以"香市"也是儿童们的狂欢节。

"革命"以后，据说为的要"破除迷信"，接连有两年不准举行"香市"。社庙的左屋被"公安分局"借去做了衙门，而庙前广场的一角也筑了篱笆，据说将造公园。社庙的左偏殿上又有什么"蚕种改良所"的招牌。

然而从去年起，这"迷信"的香市忽又准许举行了。于是我又得机会重温儿时的旧梦，我很高兴地同三位堂妹子（她们运气不好，出世以来没有见过像样的热闹的香市），赶那香市去。

天气虽然很好，"市面"却很不好。社庙前虽然比平日多了许多人，但那空气似乎很阴惨。居然有锣鼓的声音。可是那声音单调。庙前的乌龙潭一泓清水依然如昔，可是潭后那座戏台却坍塌了，屋椽子像瘦人的肋骨似的暴露在"光风化日"之下。一切都不像我儿时所见的香市了！

那么姑且到唯一的锣鼓响的地方去看一看罢。我以为这锣鼓响的是什么变把戏的，一定也是瘪三式的玩意了。然而出乎意料，这是"南洋武术班"，上海的《良友画报》六十二期揭载的"卧钉床"的大力士就是其中的一员。那不是无名的"江湖班"。然而他们只售票价十六枚铜元。

看客却也很少，不满二百（我进去的时候，大概只有五六十）。武术班的人们好像有点失望，但仍认真地表演了预告中的五六套：马戏，穿剑门，穿火门，走铅丝，大力士……他们说："今天第一回，人少，可是把式不敢马虎——"他们三条船上男女老小总共有到三十个！

在我看来，这所谓南洋武术班的几套把式比起从前"香市"里的打拳头卖膏药的玩意来，委实是好看得多了。要是放在十多年前，怕不是挤得满场没个空隙儿么？但是今天第一天也只得二百来看客。往常"香市"的主角——农民，今天差不多看不见。

后来我知道，镇上的小商人是重兴这"香市"的主动者：他们想借此吸引游客"振兴"市面，可是他们也失望了！

疯　子

　　大概是三十年以前罢，我第一次知道了什么叫做疯子。

　　那时我不过七八岁，我的家乡的住了三代的老屋对门是一家卖水果的；他家除了沿街的两间铺面，后边就是一块空地，据说是"长毛"烧了一直就没有钱再造起。空地后边就是河，小小的石埠，临水有一棵老桑树和栀子树。就是他家，出了我所知道的第一个疯子。

　　因为他家那块空地是夏天乘凉冬天晒太阳的好所在，我那时差不多天天到他家去玩的。他们是卖水果的，上午很忙，下午却空闲了，他们的小儿子阿四也许到城隍庙前的书场上听"程咬金卖柴扒"，他们的老当家就坐在铺门边的竹椅子上打瞌睡；和我们几个一般是邻舍的孩子在空地上玩耍的，总是他们的六十多岁的老婆婆，还有一位不曾许人家的二十多岁的姑娘叫做阿绣。我们不大喜欢阿绣。因为她拉住了我们不是问谁做的鞋子，就是问我们妈妈梳的新式的髻叫什么名字，再不然，就是捉得我们中间一个叫骑在她膝上，她使劲地摇，嘴里哼一些我们听不懂的调子。我们顶喜欢缠住了那老婆婆要她讲"长毛"故事。

老婆婆的"长毛"故事总从她家这块烧掉了房子的空地开头。她指着空地上一块半埋在土里的石墩儿，或者是那棵老桑树，就讲她那反复过无数次的故事。照例听到后来我们一定要怕的，我们先是大家挤紧在一堆，不敢再望一眼那石墩或桑树，然后，我们中间有谁忽然怪叫了一声，于是我们也都一齐叫起来，带怕带玩笑似的一齐跑进了屋子。老婆婆的"长毛"故事就这样从来没有讲到过尾巴。

我们跑进屋子去，十回有九回是找他家的左手两个指头缺了一节的阿三。也是卖水果的，但不及阿四那样会唱曲子似的叫卖，并且下午闲了也不上书场去，却躲在他屋里玩他的玩意儿。他会画红面孔大胡子的关帝，白脸的曹操，或者赤发金脸的奎星。他画奎星特别拿手。活像他家隔壁文昌阁上那一个。但是他画来画去只这三位，而且或坐或立，也总是那一套的样子。虽是那么着，我们却也看不厌，我们总是从空地上一哄进来就挤在他四周；他像有点嫌我们打扰了他似的，不过也不作声，正正经经画他的。有时我们中间有谁太放肆了，弄他的画笔，或是骑到他坐着的那张竹椅子背上去，那他就要慢慢地站起来，一脚踏在竹椅子上，右手拿一根他自家做的戒尺，举得高高地横在头顶，睁圆了眼睛，鼓起腮巴，朝那个太放肆的孩子"胡"的喷一口气。据说这是赵玄坛打老虎的姿势。于是我们都笑着拍手。但他的画儿也这样画到一半搁起。

除了画关帝，画曹操，画奎星，这位阿三又能塑菩萨。那一定是弥勒佛。也就在自家空地上挖点泥，晒干了研得细细的，然后掺了水塑起来。他的弥勒佛可不及他的画儿高明，只有那大肚子和拉开了的笑口叫人看了想到这尊菩萨是"笑弥陀"。然而那张笑口一定大得过分了一点。我们说阿三左手断脱的那两节指头可以给那小小的泥菩萨含在嘴里。阿三听了倒也不生气，——从没见他笑过，却也没见他开口骂人，他只是捧着他的创作品横看竖看，看过一会儿，就悄悄地放在板桌上。等过一两天，泥菩萨不见了，他已经把它还原为泥。

阿三同他老子娘以及弟弟妹妹都不大说话。他们背后都说他有点疯疯癫癫，——一个疯子。那时我常常想：疯子也怪有趣的。

然而后来叫我第一次辨味着"疯子"这个名儿的意味的，却不是这阿三，而是他的弟弟阿四。

阿四本来是他家最能干聪明的人儿。他家的买卖是他一个人在那里主持。他看见了我们孩子总是笑嘻嘻地，有时还笑嘻嘻给我们一些水果，枇杷，金橘或者半个里半个的石榴。但是我们不常同他在一处玩，为的他除了笑嘻嘻，就是个没嘴的葫芦。他倒实在同阿三有点像，跟那也算能干姑娘的阿绣可就不像是一个娘胎里爬出来的；阿绣是顶爱说话，一天到晚咭咭刮刮只有她一张嘴。

现在我已经不记得怎么一来这个聪明能干笑嘻嘻的阿四忽然就疯了。我只记得那是在阿三失踪——大家都说他出家做和尚去了，而且在阿四娶了老婆以后。阿四这老婆，原是童养媳，然而据说领来后只住了半年光景就又颠倒寄养在一个乡下人家里，每月贴饭钱。这回是年纪大到再也搁不下去了，这才领回家来同阿四成亲。有一天，我照例到他家去玩，忽然看见一个陌生面孔的身材矮小的女人在扫地，阿绣就拉住我悄悄地说道："这个新来的，就是阿四的新娘子。"

又过了几天，就听说阿四成亲了，我们看见他穿了新做的蓝布短衫裤，头上破例戴个瓜皮帽红帽结，一条老是盘在额角上的辫子居然梳光了垂在脑后；他本来生得白皙，这么一打扮，看去也就很像个新郎官。

但是娶了老婆以后的阿四却更加寡言，嘴角上的笑影也一天一天少见。晴天午后我们照常到他家空地上去玩，有时在门口碰着了他，也不像从前那样朝我们嘻开了嘴笑，也不再给我们什么枇杷之类，他却用了阴凄凄的眼光望着我们，或者，拉住了我们中间一个，钉住了看一会儿，于是忽然拍拍手，叹一口气，就自顾走了。他这拍手，后来成为一种习惯，——也许是他自己发明的表示烦恼的方法；每天早上我们刚起身就听得街上传来了啪啪的声音，我们就知道是阿四站在他自家门前朝天拍手了。晚饭时，我们在饭桌旁敲着碗筷等候开出饭来，也常常看见小丫头好奇似的跑来报告道："对门的阿四又在拍手了！"那时大家听了也不过一笑，并没有想到那拍手是一幕悲剧的开头呀。

这样拍手的早晚课继续了一些日子，就又添出新花样来：是在拍手的时候又把腿用劲地踢。再过后不多几天，又添了第三项：嘴里嘘嘘地吹。早晚两次，他拍的吹的很响，一天比一天响，隔一进房子也分明听得出。好像他是因为要引起人家的注意，所以隔了几天就增加一个新的动作，并且把声音弄得一天响似一天。到这时候，人们就常常说阿四也有点疯疯癫癫了。不过他还能够照常做买卖。而且拍手踢脚嘘气的早晚课做过以后，他静默地不开口，一点异样也没有。

　　是有什么极大的烦闷在阿四心头罢？那时我并不明白。我只记得我们到他家去玩的时候，竟不觉得他家早已多了一个新娘子。我们，老婆婆，阿绣，同在空地上玩笑的时候，那新娘子从不露脸。而老婆婆和阿绣也从不谈到他家这个"新来的人"。有时我们凑巧早上就到他家的小石埠上钓鱼，凑巧那新娘子也在那里洗衣服，凑巧老婆婆和阿绣都不在跟前，那时候，新娘子就要笑迷迷地朝我们看，问长问短。原是怪和气的。我们都觉得她比咭咭刮刮的阿绣好。然而说不了几句话，阿绣就像嗅到了气味似的跑来了，一双眼睛怪样地东张西望。新娘子就立刻变成哑口，低着头匆匆洗衣服，我们问她话，她也不回答了。不一会儿，提着湿淋淋的衣服急急忙忙走了。这当儿，阿绣的眼光时时瞥到她身上，而她却头也不抬，似乎非常局促不安。

　　这样的情形，后来又碰到过好几次。我们小孩子也不大理会得。可是有一天，我和邻家一个小朋友在将吃中饭的时候闯到了他家去，阿绣和老婆婆正忙着做饭，空地上只有那新娘子一个人在扫地，她看见了我们不理，我们也自顾采了些凤仙花坐在一块石头上玩。她扫地扫到我们跟前时，忽然立定了，像要说话似的朝我们看。"新娘子！"我们这样叫着，我们是一直这样叫她的。她听得叫，就把脸色一板，拿起那芦花扫帚的柄，用手比一比，意思是这就算人头罢，却把右手扁着像刀似的砍在那扫帚柄头，低声喝一句"杀！"，又伸手偷偷指着厨房那边。她那神气是这样的阴森可怕，我们都忍不住惊叫了起来。她连忙对我们摇手，淡淡一笑，就走了。这一幕哑谜，我那时不懂得，就到现在我还是不很明白，但那时我的孩子的心似乎也依稀辨到了阿绣和新娘子这两个女人中间好像有仇似的。什么仇呢？我那时当然不会知道。我回家把这事情告诉了大人，他们都喝我"不许多说"。但后来，我听得烧饭的老妈子悄悄告诉我祖母道："对门的老婆婆不让她儿子在新娘子房里睡觉，都是阿绣搬弄口舌。"于是我确定阿绣和新娘子有仇了。我的孩子气的心倒是帮着新娘子这一边。为什么？我也不知道。我只觉得她比咭咭刮刮的阿绣好。

　　这以后不多几时，母亲忽然禁止我到对门去玩，说是他家的阿四当真疯了。我不大肯相信，却也当真不去玩了，因为他们一家的人似乎都有点变样了：老当家午后不再坐在门口的竹椅子里打瞌睡，却上书场去了；老婆婆代了老当家坐在那里，却老是叽哩咕噜骂些我听不懂的话；阿绣呢，脸总是绷得紧紧地，脸上几点细麻子分外明显，看去叫人怕；阿四连生意也不肯做了。

早晚两次的拍手、踢脚、嘘气，阿四仍然没有忘记。不过又新添了一项：嘘气的时候叫着两个字，仿佛是"杀胚！"，这两个字使得我们孩子听了很怕，以为疯子者就是那么想杀什么人的罢，同时我每逢听得他这么叫，我就记起了他家新娘子用扫帚柄比着头低声说的一字"杀！"，我觉得他家迟早总要弄出杀人的事来罢。

但是有时在街上远远地看见阿四，觉得他跟别人没有什么两样。只在走近了时，才看得出他的眼光不定，面色青白；而且他像避猫的老鼠似的在人们身边偷偷地走过，怀疑地偷相着别人的面孔，似乎一切人都会害他。

不是他想杀人，倒是他怕被人家谋害罢！——我常常这样想。

两年后进了学校里去住宿，我就只在星期日回家的时候还听得阿四仍然做着他的早晚课，但听说他的老婆已经被他的老子娘卖给乡下人家又做新娘子去了。我听得了这消息就忍不住想道："那家乡下人是不是也有一个像阿绣那样的咭咭刮刮的大姑娘？"

新娘子去后，阿四似乎有一个时候比较安静。人们说他间或也做做生意了。但不久忽然又发作起来，不吃饭睡了几天，起来后就站在门口骂人，不知他骂谁，人们也不去理会他。就我所知，阿四骂人，这是新记录。

以后就添了一项新功课，早晚两次站在大门口骂人。走路的人谁朝他看了一眼，他就要骂，骂些什么，从来没有人听得明白。

这样也继续了半年光景，终于有一天阿四也同他哥哥阿三似的忽然不见了。过了半月，有人说镇外近处河里浮起一个死尸。阿四的老子去看了回来说："不是阿四！"究竟这人到哪里去了，始终没有人知道。

卖水果的这两老儿，就剩了咭咭刮刮的大姑娘阿绣。还在"待字闺中"，虽然年纪总快要三十了。而这阿绣，后来永远是那样咭咭刮刮，也不用担心她会疯。"因为她是这样咭咭刮刮，所以不会疯罢！"——我常常这样想。

乡村杂景

　　人到了乡下便像压紧的弹簧骤然放松了似的。

　　从矮小的窗洞望出去，天是好像大了许多，松喷喷的白云在深蓝色的天幕上轻轻飘着；大地伸展着无边的"夏绿"，好像更加平坦，远处有一簇树，矮矮地蹲在绿野中，却并不显得孤独；反射着太阳光的小河，靠着那些树旁边弯弯地去了。有一座小石桥，桥下泊着一条"赤膊船"。

　　在乡下，人就觉得"大自然"像老朋友似的嘻开着笑嘴老在你门外徘徊——不，老实是"排闼直入"，蹲在你案头了。

　　住在都市的时候到公园里去走走，你也可以看见蓝天，白云，绿树，你也会暂时觉得这天，这云，这树，比起三层楼窗洞里所见的天的广角，云的一抹，树的尖顶确实是更近于"自然"；那时候，你也会暂时感到"大自然"张开了两臂在拥抱你了。但不知怎地，总也时时会感得这都市公园内所见的"大自然"不过是"大自然"的一部分，而且好像是"人工的"，——比方说，就像《红楼梦》大观园里"稻香村"的田园风光是"人工"的一般。

　　生长在农村，但在都市里长大，并且在都市里饱尝了"人间味"，我自信我染着若干都市人的气质；我每每感到都市人的气质是一个弱点，总想摆脱，却怎地也摆脱不下；然而到了乡村住下，静思默念，我又觉得自己的血液里原来还保留着乡村的"泥土气息"。

可以说有点爱乡村罢？

不错，有一点。并不是把乡村当作不动不变的"世外桃源"所以我爱。也不是因为都市"丑恶"。都市美和机械美我都赞美的。我爱的，是乡村的浓郁的"泥土气息"。不像都市那样歇斯底里，神经衰弱，乡村是沉着的，执拗的，起步虽慢可是坚定的，——而这，我称之为"泥土气息"。

让我们再回到农村的风景罢——

这里，绿油油的田野中间又有发亮的铁轨，从东方天边来，笔直的向西去，远得很，远得很；就好像是巨灵神在绿野里划的一条墨线。每天早晚两次，机关车拖着一长列的车厢，像爬虫似的在这里走过。说像爬虫，可一点也不过分冤枉了这家伙。你在大都市车站的月台上，听得"嗻"——的一声歇斯底里的口笛，立刻满月台的人像鬼迷了似的乱推乱撞，而于是，在隆隆的震响中，"这家伙"喘着大气冲来了，那时你觉得它快得很，又莽撞得很，可不是？然而在辽阔的田野中，凭着短窗远远地看去，它就像爬虫，怪妖媚的爬着，爬着，直到天边看不见，消失在绿野中。

晚间，这家伙按着钟点经过时，在夏夜的薄光下，就像是一条身上有磷光的黑虫，爬得更慢了，你会代替它心焦。

还有那天空的"铁鸟"，一天也有一次飞过。像一个尖嘴姑娘似的，还没见她的身影儿就听得她那吵闹的骚音，飞的不很高，翅膀和尾巴看去都很分明。它来的时候总在上午，乡下人的平屋顶刚刚袅起了白色的炊烟。戴着大箬笠穿了铁甲似的"蒲包衣"①，在田里工作的乡下人偶然也翘头望一会儿，一点表情都没有。他们当然不会领受那"铁鸟"的好处，而且他们现在也还没吃过这"铁鸟"的亏。他们对于它淡漠得很，正像他们对于那"爬虫"。

他们憎恨的，倒是那小河里的实在可怜相的小火轮。这应该说是一"伙"了，因为有烧煤的小火轮，也有柴油轮，——乡下人叫做"洋油轮船"。每天经过这小河，相隔二三小时就听得那小石桥边有吱吱的汽管叫声。这小火轮的一家门②，放在大都市的码头上，谁也看它们不起。可是在乡下，它们就是恶霸。它们轧轧地经过那条小河的时候总要卷起两道浪头，泼刺刺地冲打那两岸的泥土。这所谓"浪头"，自然幺小可怜，不过半尺许高而已，可是它们一天几次冲打那泥岸，已经够使岸那边的稻田感受威胁。大水的年头儿，河水快与岸平，小火轮一过，河水就会灌进田里。就在这一点，乡下人和小火轮及

①　乡下人夏天落田，都穿这特别的蒲包衣，犹之雨天穿蓑衣或梭衣。——作者原注。

②　一家门：上海话。一家子的意思。

其堂兄弟柴油轮成了对头。

小石桥迤西的河道更加窄些，轮船到石桥口就要叫一声，仿佛官府喝道似的。而且你站在那石桥上就会看见小轮屁股后那两道白浪泛到齐岸半寸。要是那小轮是烧煤的，那它沿路还要撒下许多黑尿，把河床一点一点填高淤塞，逢到大水大旱年成就要了这一带的乡下人的命。乡下人憎恨小火轮不是盲目的没有理由的。

沿着铁轨来的"爬虫"怎样像蚊子的尖针似的嘴巴吮吸了农村的血，乡下人是理解不到的；天空的"铁鸟"目前和乡村是无害亦无利；剩下来，只有小火轮一家门直接害了乡下人，就好比横行乡里的土豪劣绅。他们也知道对付那水里的"土劣"的方法是开浚河道，但开河要抽捐，纳捐是老百姓的本分，河的开不开却是官府的事。

刚才我不是说小石桥西首的河身特别窄么？在内地，往往隔开一个山头或是一条河就另是一个世界。这里的河身那么一窄，情形也就不同了。那边出产"土强盗"。这也是非常可怜相的"土强盗"，没有枪，只有锄头和菜刀。可是他们却有一个"军师"。这"军师"又不是活人，而是一尊小小的泥菩萨。

这些"土强盗"不过十来人一帮。他们每逢要"开市"，大家就围住了这位泥菩萨军师磕头膜拜，嘴里念着他们的"经"，有时还敲"法器"，跟和尚的"法器"一样。末了，"土强盗"伙里的一位，——他是那泥菩萨军师的"代言人"，——就宣言"今晚上到东南方有利"，于是大家就到东南方。"代言人"负了那泥菩萨到一家乡下人的门前，说"是了"，他的同伴们就动手。这份被光顾的人家照例是什么值钱的东西也不会有的，"土强盗"自然也知道；他们的目的是绑票。住在都市里的人一听说"绑票"就会想到那是一辆汽车，车里跳下四五人，都有手枪，疾风似的攫住了目的物就闪电似的走了。可是我们这里所讲的乡下"土"绑票却完全不同。他们从容得很。他们还有"仪式"。他们一进了"泥菩萨军师"所指定的人家，那位负着泥菩萨的"代言人"就站在门角里，脸对着墙，立刻把菩萨解下来供在墙角，一面念佛，一面拜，不敢有半分钟的停顿。直到同伴们已经绑得了人，然后他再把泥菩萨负在背上，仍然一路念佛跟着回去。

第二天，假使被绑的人家筹得了两块钱，就可以把肉票赎回。

据说这一宗派的"土"绑匪发源于温台①，可是现在似乎别处也有了。而他们也有他们的"哲学"。他们说，偷一条牛还不如绑一个人便当。牛使牛性的时候，怎地鞭打也不肯走，人却不会那么顽强抵抗。

真是多么可怜相，然而妩媚的绑匪呵？

---

① 此处所谓"温台"，指浙江省旧温州府和台州府的辖区。——作者原注。

冬 天

　　诗人们对于四季的感想大概颇不同罢。一般的说来，则为"游春"，"消夏"，"悲秋"，——冬呢，我可想不出适当的字眼来了，总之，诗人们对于"冬"好像不大怀好感，于"秋"则已"悲"了，更何况"秋"后的"冬"！

　　所以诗人在冬夜，只合围炉话旧，这就有点近于"蛰伏"了。幸而冬天有雪，给诗人们添了诗料。甚而至于踏雪寻梅，此时的诗人俨然又是活动家。不过梅花开放的时候，其实"冬"已过完，早又是"春"了。

　　我不是诗人，对于一年四季无所偏憎。但寒暑数十易而后，我也渐渐辨出了四季的味道。我就觉得冬天的味儿好像特别耐咀嚼。

　　因为冬天曾经在三个不同的时期给我三种不同的印象。

　　十一二岁的时候，我觉得冬天是又好又不好。大人们定要我穿了许多衣服，弄得我动作迟笨，这是我不满意冬天的地方。然而野外的茅草都已枯黄，正好"放野火"，我又得感谢"冬"了。

　　在都市里生长的孩子是可怜的，他们只看见灰色的马路，从没见过整片的一望无际的大草地。他们即使到公园里看见了比较广大的草地，然而那是细曲得像狗毛一样的草皮，枯黄了时更加难看，不用说，他们万万想不到这是可以放起火来烧的。在乡下，可不同了。照例到了冬天，野外全是灰黄色的枯草，又高又密，脚踏下去簌簌地响，有时没到你的腿弯上。是这样的草——大草地，就可以放火烧。我们都脱了长衣，划一根火柴，那满地的枯草就毕剥毕剥烧起来了。狂风着地卷去，那些草就像发狂似的腾腾地叫着，夹着白烟一片红火焰就像一个大舌头似的会一下子把大片的枯草舐光。有时我们站在上风头，那就跟着火头跑；有时故意站在下风，看着那烈焰像潮水样涌过来，涌过来，于是我们大声笑着嚷着在火焰中间跳，一转眼，那火焰的波浪已经上前去了，于是我们就又追上去送它。这些草地中，往往有浮厝的棺木或者骨殖甏，火势逼近了那棺木时，我们的最紧张的时刻就来了。我们就来一个"包抄"，扑到火线里一阵滚，收熄了我们放的火。这时候我们便感到了克服敌人那样的快乐。

二十以后成了"都市人"，这"放野火"的趣味不能再有了，然而穿衣服的多少也不再受人干涉了，这时我对于冬，理应无憎亦无爱了罢，可是冬天却开始给我一点好印象。二十几岁的我是只要睡眠四个钟头就够了的，我照例五点钟一定醒了；这时候，被窝是暖烘烘的，人是神清气爽的，而又大家都在黑甜乡，静得很，没有声音来打扰我，这时候，躲在那里让思想像野马一般飞跑，爱到哪里就到哪里，想够了时，顶天亮起身，我仿佛已经背着人，不声不响自由自在做完了一件事，也感得一种愉快。那时候，我把"冬"和春夏秋比较起来，觉得"冬"是不干涉人的，她不像春天那样逼人困倦，也不像夏天那样使得我上床的时候弄堂里还有人高唱《孟姜女》，而在我起身以前却又是满弄堂的洗马桶的声音，直没有片刻的安静，而也不同于秋天，秋天是苍蝇蚊虫的世界，而也是疟病光顾我的季节呵！

然而对于"冬"有恶感，则始于最近。拥着热被窝让思想跑野马那样的事，已经不高兴再做了，而又没有草地给我去"放野火"。何况近年来的冬天似乎一年比一年冷，我不得不自愿多穿点衣服，并且把窗门关紧。

不过我也理智地较为认识了"冬"。我知道"冬"毕竟是"冬"，摧残了许多嫩芽，在地面上造成恐怖；我又知道"冬"只不过是"冬"，北风和霜雪虽然凶猛，终不能永远的统治这大地。相反的，冬天的寒冷愈甚，就是冬的运命快要告终，"春"已在叩门。

"春"要来到的时候，一定先有"冬"。冷罢，更加冷罢，你这吓人的冬！

雷雨前

　　清早起来，就走到那座小石桥上。摸一摸桥石，竟像还带点热。昨天整天里没有一丝儿风。晚快边响了一阵子干雷，也没有风，这一夜就闷得比白天还厉害。天快亮的时候，这桥上还有两三个人躺着，也许就是他们把这些石头又困得热烘烘。

　　满天里张着个灰色的幔。看不见太阳。然而太阳的威力好像透过了那灰色的幔，直逼着你头顶。

　　河里连一滴水也没有了，河中心的泥土也裂成乌龟壳似的。田里呢，早就像开了无数的小沟，——有两尺多阔的，你能说不像沟么？那些苍白色的泥土，干硬得就跟水门汀差不多。好像它们过了一夜工夫还不曾把白天吸下去的热气吐完，这时它们那些扁长的嘴巴里似乎有白烟一样的东西往上冒。

　　站在桥上的人就同浑身的毛孔全都闭住，心口泛淘淘，像要呕出什么来。

　　这一天上午，天空老张着那灰色的幔，没有一点点漏洞，也没有动一动。也许幔外边有的是风，但我们罩在这幔里的，把鸡毛从桥头抛下去，也没见它飘飘扬扬踱方步。就跟住在抽出了空气的大筒里似的，人张开两臂用力行一次深呼吸，可是吸进来只是热辣辣的一股闷气。

汗呢，只管钻出来，钻出来，可是胶水一样，胶得你浑身不爽快，像结了一层壳。

午后三点钟光景，人像快要干死的鱼，张开了一张嘴，忽然天空那灰色的幔裂了一条缝！不折不扣一条缝！像明晃晃的刀口在这幔上划过。然而划过了，幔又合拢，跟没有划过的时候一样，透不进一丝儿风。一会儿，长空一闪，又是那灰色的幔裂了一次缝。然而中什么用？

像有一只巨人的手拿着明晃晃的大刀在外边想挑破那灰色的幔，像是这巨人已在咆哮发怒越来越紧了，一闪一闪满天空瞥过那大刀的光亮，隆隆隆，幔外边来了巨人的愤怒的吼声！

猛可地闪光和吼声都没有了，还是一张密不通风的灰色的幔！

空气比以前加倍闷！那幔比以前加倍厚！天加倍黑！

你会猜想这时那幔外边的巨人在揩着汗，歇一口气；你断得定他还要进攻。你焦躁地等着，等着那挑破灰色幔的大刀的一闪电光，那隆隆隆的怒吼声。

可是你等着，等着，却等来了苍蝇。它们从龌龊的地方飞出来，嗡嗡嗡的，绕住你，叮你的涂一层胶似的皮肤。戴红顶子像个大员模样的金苍蝇刚从粪坑里吃饱了来，专拣你的鼻子尖上蹲。

也等来了蚊子。哼哼哼地，像老和尚念经，或者老秀才读古文。苍蝇给你传染病，蚊子却老实要喝你的血呢！

你跳起来拿着蒲扇乱扑，可是赶走了这一边的，那一边又是一大群乘隙进攻。你大声叫喊，它们只回答你个哼哼哼，嗡嗡嗡！

外边树梢头的蝉儿却在那里唱高调："要死哟！要死哟！"

你汗也流尽了，嘴里干得像烧，你手里也软了，你会觉得世界末日也不会比这更坏！

然而猛可地电光一闪，照得屋角里都雪亮。幔外边的巨人一下子把那灰色的幔扯得粉碎了！轰隆隆，轰隆隆，他胜利地叫着。胡——胡——挡在幔外边整整两天的风开足了超高速度扑来了！蝉儿噤声，苍蝇逃走，蚊子躲起来，人身上像剥落了一层壳那么一爽。

霍！霍！霍！巨人的刀光在长空飞舞。

轰隆隆，轰隆隆，再急些！再响些吧！

让大雷雨冲洗出个干净清凉的世界！

谈月亮

不知道什么原因，我跟月亮的感情很不好。我也在月亮底下走过，我只觉得那月亮的冷森森的白光，反而把凹凸不平的地面幻化为一片模糊虚伪的光滑，引人去上当；我只觉得那月亮的好像温情似的淡光，反而把黑暗潜藏着的一切丑相幻化为神秘的美，叫人忘记了提防。

月亮是一个大骗子，我这样想。

我也曾对着弯弯的新月仔细看望。我从没觉得这残缺的一钩儿有什么美；我也照着"诗人"们的说法，把这弯弯的月牙儿比作美人的眉毛，可是愈比愈不像，我倒看出来，这一钩的冷光正好像是一把磨的锋快的杀人的钢刀。

我又常常望着一轮满月。我见过她装腔作势地往浮云中间躲，我也见过她像一个白痴人的脸孔，只管冷冷地呆木地朝着我瞧；什么"广寒宫"，什么"嫦娥"，——这一类缥缈的神话，我永远联想不起来，可只觉得她是一个死了的东西，然而她偏不肯安分，她偏要"借光"来欺骗漫漫长夜中的人们，使他们沉醉于空虚的满足，神秘的幻想。

月亮是温情主义的假光明！我这么想。

呵呵，我记起来了；曾经有过这么一回事，使得我第一次不信任这月亮。那时我不过六七岁，那时我对于月亮无爱亦无憎。有一次月夜，我同邻舍的老头子在街上玩。先是我们走，看月亮也跟着走；随后我们就各人说出他所见的月亮有多么大。"像饭碗口"，是我说的。然而邻家老头子却说"不对"，他看来是有洗脸盆那样子。

"不会差得那么多的！"我不相信，定住了眼睛看，愈看愈觉得至多不过是"饭碗口"。

"你比我矮，自然看去小了呢。"老头子笑嘻嘻说。

于是我立刻去搬一个凳子来，站上去，一比，跟老头子差不多高了，然而我头顶的月亮还只有"饭碗口"的大小。我要求老头子抱我起来，我骑在他的肩头，我比他高了，再看看月亮，还是原来那样的"饭碗口"。

"你骗人哪！"我作势要揪老头儿的小辫子。

"嗯嗯，那是——你爬高了不中用的。年纪大一岁，月亮也大一些，你活到我的年纪，包你看去有洗脸盆那样大。"老头子还是笑嘻嘻。

我觉得失败了，跑回家去问我的祖父。仰起头来望着月亮，我的祖父摸着胡子笑着说："哦哦，就跟我的脸盆差不多。"在我家里，祖父的洗脸盆是顶大的，于是我相信我自己是完全失败了。在许多事情上都被家里人用一句"你还小哩！"来剥夺了权利的我，于是就感到月亮也那么"欺小"，真正岂有此理。月亮在那时就跟我有了仇。

　　呵呵，我又记起来了；曾经看见过这么一件事，使得我知道月亮虽则未必"欺小"，却很能使人变得脆弱了似的，这件事，离开我同邻舍老头子比月亮大小的时候也总有十多年了。那时我跟月亮又回到了无恩无仇的光景。那时也正是中秋快近，忽然有从"狭的笼"①里逃出来的一对儿，到了我的寓处。大家都是卯角②之交，我得尽东道之谊。而且我还得居间办理"善后"。我依着他们俩铁硬的口气，用我自己出名，写了信给双方的父母，——我的世交前辈，表示了这件事恐怕已经不能够照"老辈"的意思挽回。信发出的下一天就是所谓"中秋"，早起还落雨，偏偏晚上是好月亮，一片云也没有。我们正谈着"善后"事情，忽然发现了那个"她"不在我们一块儿。自然是最关心"她"的那个"他"先上楼去看去。等过好半晌，两个都不下来，我也只好上楼看一看到底为了什么。一看可把我弄糊涂了！男的躺在床上叹气，女的坐在窗前，仰起了脸，一边望着天空，一边抹眼泪。

　　"哎，怎么了？两口儿斗气？说给我来评评。"我不会想到另有别的问题。

　　————————

　　① "狭的笼"：原为俄国盲诗人爱罗先珂所作童话的篇名，这里借指封建家庭的樊笼。

　　② 卯角：古时儿童束发成两角的形状。卯角之交，意即童年时代的朋友。

"不是呀！——"男的回答，却又不说下去。

我于是走到女的面前，看定了她，——凭着我们小时也是捉迷藏的伙伴，我这样面对面朝她看是不算莽撞的。

"我想——昨天那封信太激烈了一点。"女的开口了，依旧望着那冷清清的月亮，眼角还噙着泪珠。"还是，我想，还是我回家去当面跟爸爸妈妈办交涉，——慢慢儿解决，将来他跟我爸爸妈妈也有见面之余地。"

我耳朵里轰的响了一声。我不知道什么东西使得这个昨天还是嘴巴铁硬的女人现在忽又变计。但是男的此时从床上说过一句来道：

"她已经写信告诉家里，说明天就回去呢！"

这可把我骇了一跳。糟糕！我昨天全权代表似的写出两封信，今天却就取消了我的资格；那不是应着家乡人们一句话：什么都是我好管闲事闹出来的。那时我的脸色一定难看得很，女的也一定看到我心里，她很抱歉似的亲热地叫道："×哥，我会对他们说，昨天那封信是我的意思叫你那样写的！"

"那个，只好随它去；反正我的多事是早已出名的。"我苦笑着说，盯住了女的面孔。月亮光照在她脸上，这脸现在有几分"放心了"的神气，忽然她低了头，手捂住了脸，就像闷在瓮里似的声音说："我撇不下妈妈。今天是中秋，往常在家里妈给我……"

我不愿意再听下去。我全都明白了，是这月亮，水样的猫一样的月光勾起了这位女人的想家的心，把她变得脆弱些。

　　从那一次以后，我仿佛懂得一点关于月亮的"哲理"。我觉得我们向来有的一些关于月亮的文学好像几乎全是幽怨的，恬退隐逸的，或者缥缈游仙的。跟月亮特别有感情的，好像就是高山里的隐士，深闺里的怨妇，求仙的道士。他们借月亮发了牢骚，又从月亮得到了自欺的安慰，又从月亮想象出"广寒宫"的缥缈神秘。读几句书的人，平时不知不觉间熏染了这种月亮的"教育"，临到紧要关头，就会发生影响。

　　原始人也曾在月亮身上做"文章"，——就是关于月亮的神话。然而原始人的月亮文学只限于月亮本身的变动；月何以东升西没，何以有缺有圆有蚀，原始人都给了非科学的解释。至多亦不过想象月亮是太阳的老婆，或者是姊妹，或者是人间的"英雄"逃上天去罢了。而且他们从不把月亮看成幽怨闲适缥缈的对象。不，现代澳洲的土人反而从月亮的圆缺创造了奋斗的故事。这跟我们以前的文人在月亮有圆缺上头悟出恬淡知足的处世哲学相比起来，差得多么远呀！

　　把月亮的"哲理"发挥得淋漓尽致的，也许只有我们中国罢？不但骚人雅士美女见了月亮，便会感发出许多的幽思离愁，扭捏缠绵到不成话；便是喑呜叱咤的马上英雄也被写成了在月亮的魔光下只有悲凉，只有感伤。这一种"完备"的月亮"教育"会使"狭的笼"里逃出来的人也触景生情地想到再回去，并且我很怀疑那个邻舍老头子所谓"年纪大一岁，月亮也大一些"的说头未必竟是他的信口开河，而也许有什么深厚的月亮的"哲理"根据罢！

从那一次以后，我渐渐觉得月亮可怕。

我每每想：也许我们中国古来文人发挥的月亮"文化"，并不是全然主观的；月亮确是那么一个会迷人会麻醉人的家伙。

星夜使你恐怖，但也激发了你的勇气。只有月夜，说是没有光明么？明明有的。然而这冷凄凄的光既不能使五谷生长，甚至不能晒干衣裳；然而这光够使你看见五个指头却不够辨别稍远一点的地面的坎坷。你朝远处看，你只见白茫茫的一片，消弭了一切轮廓。你变做"短视"了。你的心上会遮起了一层神秘的迷迷胡胡的苟安的雾。

人在暴风雨中也许要战栗，但人的精神，不会松懈，只有紧张；人撑着破伞，或者破伞也没有，那就挺起胸膛，大踏步，咬紧了牙关，冲那风雨的阵，人在这里，磨练他的奋斗力量。然而清淡的月光像一杯安神的药，一粒微甜的糖，你在她的魔术下，脚步会自然而然放松了，你嘴角上会闪出似笑非笑的影子，你说不定会向青草地下一躺，眯着眼睛望天空，乱麻麻地不知想到哪里去了。

自然界现象对于人的情绪有种种不同的感应，我以为月亮引起的感应多半是消极。而把这一点畸形发挥得"透彻"的，恐怕就是我们中国的月亮文学。当然也有并不借月亮发牢骚，并不从月亮得了自欺的安慰，并不从月亮想象出神秘缥缈的仙境，但这只限于未尝受过我们的月亮文学影响的"粗人"罢！

我们需要"粗人"眼中的月亮；我又每每这么想。

1934年中秋后。

天　窗

　　乡下的房子只有前面一排木板窗。暖和的晴天，木板窗扇扇开直，光线和空气都有了。

　　碰着大风大雨，或者北风虎虎地叫的冬天，木板窗只好关起来，屋子里就黑得地洞里似的。

　　于是乡下人在屋面开一个小方洞，装一块玻璃，叫做天窗。

　　夏天阵雨来了时，孩子们顶喜欢在雨里跑跳，仰着脸看闪电，然而大人们偏就不许，"到屋里来呀！"，孩子们跟着木板窗的关闭也就被关在地洞似的屋里了；这时候，小小的天窗是唯一的慰藉。

　　从那小小的玻璃，你会看见雨脚在那里卜落卜落跳，你会看见带子似的闪电一瞥；你想象到这雨，这风，这雷，这电，怎样猛厉地扫荡了这世界，你想象它们的威力比你在露天真实感到的要大这么十倍百倍。小小的天窗会使你的想象锐利起来！

　　晚上，当你被逼着上床去"休息"的时候，也许你还忘不了月光下的草地河滩，你偷偷地从帐子里伸出头来，你仰起了脸，这时候，小小的天窗又是你唯一的慰藉！

你会从那小玻璃上面的一粒星，一朵云，想象到无数闪闪烁烁可爱的星，无数像山似的，马似的，巨人似的，奇幻的云彩；你会从那小玻璃上面掠过的一条黑影想象到这也许是灰色的蝙蝠，也许是会唱的夜莺，也许是恶霸似的猫头鹰，——总之，美丽的神奇的夜的世界的一切，立刻会在你的想象中展开。

　　啊唷唷！这小小一方的空白是神奇的！它会使你看见了若不是有了它你就想不起来的宇宙的秘密；它会使你想到了若不是有了它你就永远不会联想到的种种事件！

　　发明这"天窗"的大人们，是应得感谢的。因为活泼会想的孩子们会知道怎样从"无"中看出"有"，从"虚"中看出"实"，比任凭他看到的更真切，更阔达，更复杂，更确实！

黄　昏

　　海是深绿色的，说不上光滑；排了队的小浪开正步走，数不清有多少，喊着口令"一，二——一"似的，朝喇叭口的海塘来了。挤到沙滩边，啵嘶！——队伍解散，喷着忿怒的白沫。然而后一排又赶着扑上来了。

　　三只五只的白鸥轻轻地掠过，翅膀扑着波浪，——一点一点躁怒起来的波浪。

　　风在掌号。冲锋号！小波浪跳跃着，每一个像个大眼睛，闪射着金光。满海全是金眼睛，全在跳跃。海塘下空隆空隆地腾起了喊杀。

　　而这些海的跳跃着的金眼睛重重叠叠一排接一排，一排怒似一排，一排比一排浓溢着血色的赤，连到天边，成为绀金色的一抹。这上头，半轮火红的夕阳！

　　半边天烧红了，重甸甸地压在夕阳的光头上。

　　忿怒地挣扎的夕阳似乎在说：

　　——哦，哦！我已经尽了今天的历史的使命，我已经走完了今天的路程了！现在，现在，是我的休息时间到了，是我的死期到了！哦，哦！却也是我的新生期快开始了！明天，从海的那一头，我将威武地升起来，给你们光明，给你们温暖，给你们快乐！

呼……呼……

风带着永远不会死的太阳的宣言到全世界。高的喜马拉雅山的最高峰，汪洋的太平洋，阴郁的古老的小村落，银的白光冻凝了的都市，——一切，一切，夕阳都喷上了一口血焰！

两点三点白鸥划破了渐变为赭色的天空。

风带着夕阳的宣言走了。

像忽然熔化了似的，海的无数跳跃着的金眼睛摊平为暗绿的大面孔。

远处有悲壮的笳声。

夜的黑幕沉重地将落未落。

不知到什么地方去过一次的风，忽然又回来了；这回是打着鼓似的：勃仑仑，勃仑仑！不，不单是风，有雷！风挟着雷声！

海又动荡，波浪跳起来，轰！轰！

在夜的海上，大风雨来了！

炮火的洗礼

我遇到了许多的眼睛，都异样地睁得很大：

这里虽然有悲痛，但也有钢铁似的冷光；有忿怒，但也有成仁取义的圣哲的坚强；有憎恨，但也有"自度度人"的佛子心肠；乃至亦有迷惘，有焦灼，然而也有"余及汝偕亡"[①]的激昂。

这都是十天的恶战，三昼夜沪东区的大火，在中国儿女的灵魂上留着的烙印，在酝酿，在锻炼，在净化而产生一个至大至刚，认定目标，不计成败，——配担当这大时代的使命的气魄！

惋惜着悲痛着沪东区的精华付之一炬么？不错，那边有我们同胞血汗的结晶，有我们民族工业的堡寨，我们不能不悲痛。但是敌人的一把火烧得了我们的庐舍和厂房，却烧不了我们举国一致的抗战的力量！不，敌人这一把火，将我们万万千千颗心熔成一个至大无比的铁心了！

---

① "余及汝偕亡"：语出《尚书·汤誓》"时日曷丧，余及汝偕亡"。时日，指夏桀（夏代的暴君）。这是百姓诅咒夏桀的话。

不错，那边有我们同胞血汗的结晶，有我们民族工业的堡寨，然而那边也正是敌人的巢，也正是敌人经济侵略的悍强的前哨；惋惜么？我们决不！我们敌人一齐倒下，然后在火净了的废墟上再建起我们的市廛和厂房。三日三夜的赤焰是敌人的毒火，然而也是我们出地狱升天堂的净火！

在炮火的洗礼中，中国民族就更生了！

让不断的炮火洗净了我们民族数千年来专制政治下所造成的缺点，也让不断的炮火洗净了我们民族百年来所受帝国主义的侮辱。

古老的伟大的中华民族，需要在炮火里洗一个澡！

大炮对大炮，飞机对飞机，我们有我们抵抗侵略的爪，抵抗侵略的牙！尤其因为我们有炮火锻炼出来的决心和气魄！

四万万人坚决地沉着地接受炮火的洗礼了！四万万人的热血，在写出东亚历史最伟大的一页了！无所谓悲观或乐观，无所谓沮丧或痛快，我们以殉道者的精神，负起我们应负的十字架！

1937年8月23日。

风景谈

前夜看了《塞上风云》①的预告片，便又回忆起猩猩峡②外的沙漠来了。那还不能被称为"戈壁"，那在普通地图上，还不过是无名的小点，但是人类的肉眼已经不能望到它的边际，如果在中午阳光正射的时候，那单纯而强烈的反光会使你的眼睛不舒服；没有隆起的沙丘，也不见有半间泥房，四顾只是茫茫一片，那样的平坦，连一个"坎儿井"也找不到；那样的纯然一色，即使偶尔有些驼马的枯骨，它那微小的白光，也早融入了周围的苍茫；又是那样的寂静，似乎只有热空气在作哄哄的火响。然而，你不能说，这里就没有"风景"。当地平线上出现了第一个黑点，当更多的黑点成为线，成为队，而且当微风把铃铛的柔声，丁当，丁当，送到你的耳鼓，而最后，当那些昂然高步的骆驼，排成整齐的方阵，安详然而坚定地愈行愈

---

① 《塞上风云》是反映汉蒙民族人民团结抗日的影片。阳翰笙根据其同名话剧改编，应云卫导演，中国电影制片厂1940年至1941年间摄制。由于国民党反动派的阻挠，迄1942年2月始正式公映。

② 猩猩峡：又作星星峡。位于新疆哈密县（今哈密市）和甘肃安西县（今瓜州县）交界处。

近，当骆驼队中领队驼所掌的那一杆长方形猩红大旗耀入你眼帘，而且大小丁当的谐和的合奏充满了你耳管，——这时间，也许你不出声，但是你的心里会涌上了这样的感想的：多么庄严，多么妩媚呀！这里是大自然的最单调最平板的一面，然而加上了人的活动，就完全改观，难道这不是"风景"吗？自然是伟大的，然而人类更伟大。

于是我又回忆起另一个画面，这就在所谓"黄土高原"！那边的山多数是秃顶的，然而层层的梯田，将秃顶装扮成稀稀落落有些黄毛的癞头，特别是那些高秆植物顽长而整齐，等待检阅的队伍似的，在晚风中摇曳，别有一种惹人怜爱的姿态。可是更妙的是三五月明之夜，天是那样的蓝，几乎透明似的，月亮离山顶，似乎不过几尺，远看山顶的小米丛密挺立，宛如人头上的怒发，这时候忽然从山脊上长出两支牛角来，随即牛的全身也出现，捎着犁的人形也出现，并不多，只有三两个，也许还跟着个小孩，他们姗姗而下，在蓝的天，黑的山，银色的月光的背景上，成就了一幅剪影，如果给田园诗人见了，必将赞叹为绝妙的题材。可是没有完。这几位晚归的种地人，还把他们那粗朴的短歌，用愉快的旋律，从山顶上飘下来，直到他们没入了山坳，依旧只有蓝天明月黑魆魆的山，歌声可是缭绕不散。

另一个时间。另一个场面。夕阳在山，干坼的黄土正吐出它在一天内所吸收的热，河水汤汤急流，似乎能把浅浅河床中的鹅卵石都冲走了似的。这时候，沿河的山坳里有一队人，从"生产"归来，兴奋的谈话中，至少有七八种不同的方音。忽然间，他们又用同一的音调，唱起雄壮的歌曲来了，他们的爽朗的笑声，落到水上，使得河水也似在笑。看他们的手，这是惯拿调色板的，那是昨天还拉着提琴的弓子伴奏着《生产曲》的，这是经常不离木刻刀的，那又是洋洋洒洒下笔如有神的，但现在，一律都被锄锹的木柄磨起了老茧了。他们在山坡下，被另一群所迎住。这里正燃起熊熊的野火，多少曾调朱弄粉的手儿①，已经将金黄的小米饭，翠绿的油菜，准备齐全。这时候，太阳已经下山，却将它的余晖幻成了满天的彩霞，河水喧哗得更响了，跌在石上的便喷出了雪白的泡沫，人们把沾着黄土的脚伸在水里，任它冲刷，或者掬起水来，洗一把脸。在背山面水这样一个所在，静穆的自然和弥满着生命力的人，就织成了美妙的图画。

在这里，蓝天明月，秃顶的山，单调的黄土，浅濑的水，似乎都是最恰当不过的背景，无可更换。自然是伟大的，人类是伟大的，然而充满了崇高精神的人类的活动，乃是伟大中之尤其伟大者！

我们都曾见过西装革履烫发旗袍高跟鞋的一对儿，在公园

---

① 调朱弄粉的手：作者于1980年2月2日致中学语文教材编写组的信中说："应该是指'女同志的手'，但是这些做饭的女同志也同时是文艺工作者。"

的角落，绿荫下长椅上，悄悄儿说话，但是试想一想，如果在一个下雨天，你经过一边是黄褐色的浊水，一边是怪石峭壁的崖岸，马蹄很小心地探入泥浆里，有时还不免打了一下跌撞，四面是静寂灰黄，没有一般所谓的生动鲜艳，然而，你忽然抬头看见高高的山壁上有几个天然的石洞，三层楼的亭子间似的，一对人儿促膝而坐，只凭剪发式样的不同，你方能辨认出一个是女的，他们被雨赶到了那里，大概聊天也聊够了，现在是摊开着一本札记簿，头凑在一处，一同在看，——试想一想，这样一个场面到了你眼前时，总该和在什么公园里看见了长椅上有一对儿在偎倚低语，颇有点味儿不同罢？如果在公园时你一眼瞥见，首先第一会是"这里有一对恋人"，那么，此时此际，倒是先感到那样一个沉闷的雨天，寂寞的荒山，原始的石洞，安上这么两个人，是一个"奇迹"，使大自然顿时生色！他们之是否恋人，落在问题之外。你所见的，是两个生命力旺盛的人，是两个清楚明白生活意义的人，在任何情形之下，他们不倦怠，也不会百无聊赖，更不至于从胡闹中求刺激，他们能够在任何情况之下，拿出他们那一套来，怡然自得。但是什么能使他们这样呢？

不过仍旧回到"风景"罢；在这里，人依然是"风景"的构成者，没有了人，还有什么可以称道的？再者，如果不是内生活极其充满的人作为这里的主宰，那又有什么值得怀念？

再有一个例子：如果你同意，二三十棵桃树可以称为林，那么这里要说的，正是这样一个桃林。花时已过，现在绿叶满株，却没有一个桃子。半爿旧石磨，是最漂亮的圆桌面，几尺断碑，或是一截旧阶石，那又是难得的几案。现成的大小石块作为凳子，——而这样的石凳也还是以奢侈品的姿态出现。这些怪样的家具之所以成为必要，是因为这里有一个茶社。桃林前面，有老百姓种的荞麦，也有大麻和玉米这一类高秆植物。荞麦正当开花，远望去就像一张粉红色的地毯，大麻和玉米就像是屏风，靠着地毯的边缘。太阳光从树叶的空隙落下来，在泥地上，石家具上，一抹一抹的金黄色。偶尔也听得有草虫在叫，带住在林边树上的马儿伸长了脖子就树干搔痒，也许是乐了，便长嘶起来。"这就不坏！"你也许要这样说。可不是，这里是有一般所谓"风景"的一些条件的！然而，未必尽然。在高原的强烈阳光下，人们喜欢把这一片树荫作为户外的休息地点，因而添上了什么茶社，这是这个"风景区"成立的因缘，但如果把那二三十棵桃树，半爿磨石，几尺断碍，还有荞麦和大麻玉米，这些其实到处可遇的东西，看成了此所谓风景区的主要条件，那或者是会贻笑大方的。中国之大，比这美得多的所谓风景区，数也数不完，这个值得什么？所以应当从另一方面去看。现在请你坐下，来一杯清茶，两毛钱的枣子，也作一次桃园的茶客罢。如果你愿意先看女的，好，那边就有三四个，大概其中有一位刚接到家里寄给她的一点钱，今天来请请同伴。那边又有几位，也围着一个石桌子，但只把随身带来的书籍代替了枣子和茶了。更有两位虎头虎脑的青年，他们走过"天下最难走的路"，现在却静静地坐着，温雅得和闺女一般。男女混合的一群，有坐的，也有蹲的，争论着一个哲学上的问题，时时哗然大笑，就在他们近边，长石条上躺着一位，一本书掩住了脸。这就够了，不用再多看。总之，这里有特别的氛围，但并不古怪。人们来这里，只为恢复工作后的疲劳，随便喝点，要是袋里有钱；或不喝，随便谈谈天；在有闲的只想找一点什么来消磨时间的人们看来，这里坐的不舒服，吃的喝的也太粗糙简单，也没有什么可以供赏玩，至多来一次，第二次保管厌倦。但是不知道消磨时间为何物的人们却把这一片简陋的绿荫看得很可爱，因此，这桃林就很出名了。

因此，这里的"风景"也就值得留恋，人类的高贵精神的辐射，填补了自然界的贫乏，增添了景色，形式的和内容的。人创造了第二自然！

最后一段回忆是五月的北国。清晨，窗纸微微透白，万籁俱静，嘹亮的喇叭声，破空而来。我忽然想起了白天在一本贴照簿上所见的第一张，银白色的背景前一个淡黑的侧影，一个号兵举起了喇叭在吹，严肃，坚决，勇敢，和高度的警觉，都表现在小号兵的挺直的胸膛和高高的眉棱上边。我赞美这摄影家的艺术，我回味着，我从当前的喇叭声中也听出了严肃，坚决，勇敢，和高度的警觉来，于是我披衣出去，打算看一看。空气非常清洌，朝霞笼住了左面的山，我看见山峰上的小号兵了。霞光射住他，只觉得他的额角异常发亮，然而，使我惊叹叫出声来的，是离他不远有一位荷枪的战士，面向着东方，严肃地站在那里，犹如雕像一般。晨风吹着喇叭的红绸子，只这是动的，战士枪尖的刺刀闪着寒光，在粉红的霞色中，只这是刚性的。我看得呆了，我仿佛看见了民族的精神化身而为他们两个。

如果你也当它是"风景"，那便是真的风景，是伟大中之最伟大者！

1940年12月，于枣子岚垭。

雾中偶记

前两天天气奇寒，似乎天要变了，果然昨夜就刮起大风来，窗上糊的纸被老鼠钻成一个洞，呜呜地吹起哨子，——像是什么呢？我说不出。从破洞里来的风，特别尖利，坐在那里觉得格外冷，想拿一张报纸去堵住，忽然看见爱伦堡那篇"报告"——《巴黎沦陷的前后》，便想起白天在报上看见说，巴黎的老百姓正在受冻挨饿，情形是十分严重的话。

这使我顿然记起，现在是正当所谓"三九"，北方不知冷的怎样了，还穿着单衣的战士们大概正在风雪中和敌人搏斗，便是江南罢，该也有霜有冰乃至有雪。在广大的国土上，受冻挨饿的老百姓，没有棉衣吃黑豆的战士，那种英勇和悲壮，到底我们知道了几分之几？中华民族是在咆哮了，然而中国似乎依然是"无声的中国"——从某一方面看。

不过这里重庆是"温暖"的，不见枯草，芭蕉还是那样绿，而且绿的太惨！

而且是在雾季，被人"祝福"的雾是会迷蒙了一切，美的，丑的，荒淫无耻的，以及严肃的工作。……在雾季，重庆是活跃的，因为轰炸的威胁少了，是活动的万花筒：奸商、小偷、大盗、汉奸、狞笑、恶眼、悲愤、无耻、奇冤、一切，而且还有沉默。

原名《鞭》的五幕剧，以《雾重庆》①的名称在雾重庆上演；想起这改题的名字似乎本来打算和《夜上海》②凑成一副对联，总觉得带点生意眼，然而现在看来，"雾重庆"这三个字，当真不坏。尤其在今年！可歌可泣的事太多了。不过作者当初如果也跟我现在那样的想法，大概这五幕剧的题材会全然改观罢？我是觉得《鞭》之内容是包括不了雾重庆的。

剧中那位诗人，最初引起了我的回忆，——他像一个朋友：不是身世太像，而是容貌上有几分，说话的神气有几分。到底像谁呢？说不上来。但是今天在一件事的议论纷纷之余，我陡然记起了，呀，有点像他，再细想，似乎不像的多。不过这位朋友的声音笑貌却缠住了我的回忆。我不知他现在在哪里？平安不？一个月前是知道的，不过，今天，鬼晓得，罪恶的黑手有时而且时时会攫去我们的善良的人的。我又不知道和他在一处的另外几个朋友现在又在哪里了，也平安不？

于是我又想起了鲁迅先生。在《为了忘却的记念》中，鲁迅先生说过那样意思的话：血的淤积，青年的血，使他窒息，于无奈何之际，他从血的淤积中挖一个小孔，喘一口气。这几

---

① 《雾重庆》：五幕话剧，宋之的作。

② 《夜上海》：五幕话剧，于伶作。

年来，青年的血太多了，敌人给流的，自己给流的；我们兴奋，为了光荣的血，但也窒息，为了不光荣的没有代价的血。而且给喘一口气的小孔也几乎挖不出。

回忆有时是残忍的，健忘有时是一宗法宝。有一位历史家①批评最后的蒲尔朋王朝②说：他们什么也没有忘记，但什么也没有学得。为了学得，回忆有时是必要，健忘有时是不该。没有出息的人永远不会学得教训，然而历史是无情的。中华民族解放的斗争，不可免的将是长期而矛盾而且残酷，但历史还是依照它的法则向前。最后胜利一定要来，而且是我们的。让理性上前，让民族利益高于一切，让死难的人们灵魂得到安息。舞台在暗转，袁慕容的戏快完，家棣一定要上台，而且林卷妤的出走的去向，终究会有下落。

据说今后六十日至九十日，将是最严重的时期（美国陆长斯汀生之言）；希特勒的春季攻势！敌人的南进，都将于此时期内爆发罢？而且那雾季不也完了么？但是敌人南进，同时也不会放松对我们的攻势的！幻想家们呵，不要打如意算盘！被敌人的烟幕迷糊了心窍的人们也该清醒一下，事情不会那么简单。

---

① 一位历史家：指19世纪初法国外交家夏尔·莫里斯·塔列兰（Charles Maurice de Talleyrand–Périgord，1754—1838），下文所引他的话后来常为历史家们所引用。

② 蒲尔朋王朝：通译波旁王朝。

夜是很深了罢？你看鼠子这样猖獗，竟在你面前公然踱方步。我开窗透点新鲜空气，茫茫一片，雾是更加浓了罢？已经不辨皂白。然而不一定坏。浓雾之后，朗天化日也跟着来。祝福可敬的朋友们，血不会是永远没有代价的！民族解放的斗争，不达目的不止，还有成千成万的战士们还没有死呢！

1941年2月16日夜。

白杨礼赞

白杨树实在不是平凡的，我赞美白杨树！

当汽车在望不到边际的高原上奔驰，扑入你的视野的，是黄绿错综的一条大毯子；黄的，那是土，未开垦的处女土，几百万年前由伟大的自然力所堆积成功的黄土高原的外壳；绿的呢，是人类劳力战胜自然的成果，是麦田，和风吹送，翻起了一轮一轮的绿波——这时你会真心佩服昔人所造的两个字"麦浪"，若不是妙手偶得，便确是经过锤炼的语言的精华。黄与绿主宰着，无边无垠，坦荡如砥，这时如果不是宛若并肩的远山的连峰提醒了你（这些山峰凭你的肉眼来判断，就知道是在你脚底下的），你会忘记了汽车是在高原上行驶，这时你涌起来的感想也许是"雄壮"，也许是"伟大"，诸如此类的形容词，然而同时你的眼睛也许觉得有点倦怠，你对当前的"雄壮"或"伟大"闭了眼，而另一种味儿在你心头潜滋暗长了——"单调"！可不是，单调，有一点儿罢？

然而刹那间，要是你猛抬眼看见了前面远远地有一排，——不，或者甚至只是三五株，一二株，傲然地耸立，像哨兵似的树木的话，那你的恹恹欲睡的情绪又将如何？我那时是惊奇地叫了一声的!

那就是白杨树,西北极普通的一种树,然而实在不是平凡的一种树!

那是力争上游的一种树,笔直的干,笔直的枝。它的干呢,通常是丈把高,像是加以人工似的,一丈以内,绝无旁枝;它所有的丫枝呢,一律向上,而且紧紧靠拢,也像是加以人工似的,成为一束,绝无横斜逸出;它的宽大的叶子也是片片向上,几乎没有斜生的,更不用说倒垂了;它的皮,光滑而有银色的晕圈,微微泛出淡青色。这是虽在北方的风雪的压迫下却保持着倔强挺立的一种树!哪怕只有碗来粗细罢,它却努力向上发展,高到丈许,二丈,参天耸立,不折不挠,对抗着西北风。

这就是白杨树,西北极普通的一种树,然而决不是平凡的树!

它没有婆娑的姿态,没有屈曲盘旋的虬枝,也许你要说它不美丽,——如果美是专指"婆娑"或"横斜逸出"之类而言,那么白杨树算不得树中的好女子;但是它却是伟岸,正直,朴质,严肃,也不缺乏温和,更不用提它的坚强不屈与挺拔,它是树中的伟丈夫!当你在积雪初融的高原上走过,看见平坦的大地上傲然挺立这么一株或一排白杨树,难道你觉得树只是树,难道你就不想到它的朴质,严肃,坚强不屈,至少也象征了北方的农民;难道你竟一点也不联想到,在敌后的广大土地上，到处有坚强不屈，就像这白杨树一样傲然挺立的守卫他们家乡的哨兵！难道你又不更远一点想到这样枝枝叶叶靠紧团结，力求上进的白杨树，宛然象征了今天在华北平原纵横决荡用血写出新中国历史的那种精神和意志。

白杨不是平凡的树。它在西北极普遍，不被人重视，就跟北方农民相似；它有极强的生命力，磨折不了，压迫不倒，也跟北方的农民相似。我赞美白杨树，就因为它不但象征了北方的农民，尤其象征了今天我们民族解放斗争中所不可缺的朴质，坚强，以及力求上进的精神。

让那些看不起民众，贱视民众，顽固的倒退的人们去赞美那贵族化的楠木（那也是直干秀颀的），去鄙视这极常见，极易生长的白杨罢，但是我要高声赞美白杨树！

大地山河

　　住在西北高原的人们，不能想象江南太湖区域所谓"水乡"的居民的生涯；所谓"暮春三月，江南草长，杂花生树，群莺乱飞"①，也还不是江南"水乡"的风光。缺少那交错密布的水道的西北高原的居民，听说人家的后门外就是河，站在后门口（那就是水阁的门），可以用吊桶打水，午夜梦回，可以听得橹声欸乃，飘然而过，总有点难以构成形象的罢？

　　没有到过西北——或者就是豫北陕南罢，——如果只看地图，大概总以为那些在普通地图上有名有目的河流，至少比江南"水乡"那些不见于普通地图上的"港"呀，"汊"呀，要大得多罢？至少总以为这些河终年汤汤，可以行舟的罢？有一个朋友曾到开封，那时正值冬季，他站在堤上，却还不知道他脚下所站的，就是有名的黄河堤岸；他向下视，只见有几股细水，在淤黄泥沙中流着，他还问："黄河在哪里？"却不知这几股细水，就是黄河！原来黄河在水浅季节，就是几股细水！

　　大凡在地图上有名有目的西北的河，到了冬季水浅，就是和

---

　　① "暮春三月，江南草长，……"：语出南朝齐、梁间文人丘迟的《与陈伯之书》，见《昭明文选》卷四十三。

江南的沟渠一样的东西，摆几块石头在浅处，是可以徒涉的。

乌鲁木齐河，那也是鼎鼎大名的；然而当我看见马车涉河而过的时候，我惊讶于这就是乌鲁木齐河！学生们卷起裤管，就徒涉了延水的事，如果不是亲见，也觉得可惊，因为延水在地图上也是有名有目的呀！

但是当夏季涨水的当儿，这些河却也实在威风。延水一次上流涨水，把"女大"①用以系住浮桥的一块几万斤重的大石头冲走了十多丈路。

光是从天空飞过，你不能具体的了解所谓"西北高原"的意义。光是从地上走过，你了解得也许具体些，然而还不够"概括"（恕我借用这两个字）。

你从客机的高度仪的指针上看出你是在海拔三千多公尺以上了，然而你从玻璃窗向下看，嘿，城郭市廛，历历在目，多清楚！那时你会恍然于下边是高原了。但在你还得在地上走过，然后你这认识才能够补足。

你会不相信你不是在平地上。可不是一望平畴，麦浪起伏？可是你再极目远望，那边天际一道连山，不也是和你脚下的"平地"是并列的么？有时你还觉得它比你脚下的低呢！要是凑巧，你的车子到了这么一个"土腰"，下面是万丈断崖，而这万丈断崖也还是中间阶段而已，那时你大概才切实地明白

<hr>

① 女大：即延安中国女子大学。1939年成立，1941年9月并入延安大学。

了高原之所以为高原了罢？

这也不是凭空可以想象的。

谢家的哥哥以"撒盐"比拟下雪，他的妹妹说，"未若柳絮因风起"。[①]自来都认为后者佳胜。自然，"柳絮因风舞"，那么清灵俊逸；但这是江南的雪景。如果说北方，那么谢家哥哥的比拟实在也没有错。当然也有下大朵的时候，那也是"柳絮"了，不过，"撒盐"时居多。

积在地上，你穿了长毡靴走过，那煞煞的响声，那颇有燥感的粉末，就会完全构成了"盐"的印象。要是在大野，一望皆白，平常多坎陷与浮土的道路，此时成为砥平而坚实，单马曳的雪橇轻溜溜地滑过，那时你真觉得心境清凉，——而实在，空气也清洁得好像滤过。

我曾在戈壁中远远看见一片白，颇惊讶于五月有雪，后来才知道这是盐池！

1941年8月19日。

---

① "未若柳絮因风起"典出《世说新语·言语篇》："谢太傅寒雪日内集儿女讲论文义，俄而雪骤，公欣然曰：'白雪纷纷何所似？'兄子胡儿曰：'撒盐空中差可拟。'兄女曰：'未若柳絮因风起。'"谢太傅，即东晋政治家谢安（320—385），"谢家哥哥"指其侄谢胡，"他的妹妹"指谢安的侄女、东晋女诗人谢道韫。

谈　鼠

　　闲谈的时候偶尔也谈到了老鼠。特别是看见了谁的衣服和皮鞋有啮伤的痕迹，话题便会自然而然的转到了这小小的专过"夜生活"的动物。

　　这小小的动物群中，大概颇有些超等的"手艺匠"：它会把西装大衣上的胶质钮子修去了一层边，四周是那么匀称，人们用工具来做，也不过如此；女太太们的梆硬的衣领也常常是它们显本领的场所，它们会巧妙地揭去了这些富于浆糊的衣领的里边的一层而不伤及那面子。但是最使我惊佩的，是它们在一位朋友的黑皮鞋上留下的"杰作"：这位朋友刚从东南沿海区域来，他那双八成新的乌亮的皮鞋，一切都很正常，只有鞋口周围一线是白的，乍一看，还以为这又是一种新型，鞋口镶了白皮的滚条，——然而不是！

　　对于诸如此类的小巧的"手艺"，我们也许还能"幽默"一下，——虽然有时也实在使你"啼笑皆非"。

　　可惜它们喜欢这样"费厄泼赖"的时候，并不太多，最通常的，倒是集恶劣之大成的作法。例子是不怕没有的，比方：因为"短被盖"只顾到头，朋友A的脚趾头便被看中了，这位朋友的睡劲也真好，迷迷糊糊地，想来至多不过翻个身罢了，第二天套上鞋子的时候这才觉得不是那么一回事，急忙检查，原来早已血污斑驳。朋友B的不满周岁的婴儿大哭不止，渴睡的年青的母亲抚拍无效，点起火一看，这可骇坏了，婴儿满面是血了，揩干血，这才看清被啮破了鼻囱了。为了剥削脚趾头上和鼻孔边那一点咸咸的东西，竟至于使被剥削者流血，这是何等的霸道，然而使人听了发指的，还有下面的一件事。在K城，有一位少妇难产而死，遗体在太平间内停放了一夜，第二天发现缺少了两颗眼珠！

　　"鼠窃"这一句成语，算是把它们的善于鬼鬼祟祟，偷偷摸摸，永远不能光明正大的特性，描摹出来了。然而对于弱者，它们也是会有泼胆的。它们敢从母鸡的温暖的翅膀下强攫了她的雏儿。这一只可怜的母鸡，抱三个卵，花了二十天工夫，她连吃也无心，肚子下的羽毛也褪光了，憔悴得要命，却只得了一只雏鸡，这小小的东西一身绒毛好像还没大干，就啾啾的叫着，在母亲的大翅膀下钻进钻出，洒几粒米在它面前，它还不知道吃，而疲惫极了的母亲咕咕地似乎在教导它。可是当天晚上，母鸡和小鸡忽然都叫得那样惨，人们急忙赶来照看时，小鸡早已不见影踪，母鸡却蹲在窠外地上，——从此她死也不肯再进那窠了。

　　其实鸡们平时就不愿意伏在窝里睡觉，孵卵期是例外。平时它们睡觉总喜欢蹲在什么竹筐子的边上，这大概是为了防备老鼠。因此也可想到为了孵卵，母鸡们的不避危险的精神有多么伟大！江南养鸡都用有门的竹笼，这对于那些惯会放臭屁来自救的黄鼠狼，尚不失为有效的防御工事，黄鼠狼的躯干大，钻不进那竹笼的小方格。但是一位江南少妇在桂林用了同样的竹笼，却反便宜了老鼠；鸡被困于笼走不开，一条腿都几乎被老鼠咬断了。

但尽管是多么强横，对于"示众"也还知道惧怕。捉住了老鼠就地钉死，暴尸一二日，据说是颇有"警告"的效力的。不过这效力也有时间性，我的寓所里有一间长不过四尺宽二尺许的小房，因其太小，就用以储放什物，其中也有可吃的，都盖藏严密，老鼠其实也没法吃到，然而老鼠不肯断念，每夜都要光顾这间小房。墙是竹笆涂泥巴的墙，它们要穿一个孔，实在容易得很。最初我们还是见洞即堵，用瓦片，用泥巴，用木板，后来堵住了这里，那边又新穿了更大的洞，弄得到处千疮百孔，这才从防御而转为进攻。我们安设了老鼠夹子。第一夜，到了照例的时光，夹墙中果然照例蠢动，听声音就知道是一头相当大的家伙，从夹墙中远远地奔来，毫不踌躇，熟门熟路，直奔向它那目的地了，接着：拍叉一声，这目无一切的家伙果然种瓜得瓜。这以后，约有个把月，绝对安静，但亦只有个把月而已，不能再多。鼠夹子虽已洗过熏过，可再也无用。当然不能相信老鼠当真通灵，然而也不能不佩服它那厉害的嗅觉。我们特别要试验这些贪婪的小动物抵抗诱惑的决心有多大多久。我们找了最香最投鼠之所好的东西装在鼠夹子上，同时厉行了彻底的"清野"，使除此引诱物外，简直无可得食。一天，两天，没有效；可是第三天已经天亮的时候，我们被拍叉的声音惊醒，一头少壮的鼠子又捉住了，想来这是个耐不住馋的莽撞的家伙。

然而这第二回所得的安静时间，只有一个星期。

不但嗅觉厉害，老鼠大概又是多疑的，而且警觉心也提得相当高。鼠药因此也不能绝对有效，除非别无可食之物，鼠们未必就来上当；特别是把鼠药放在特制的食物中，什九是徒劳。扫荡老鼠似乎是个社会问题，一家两家枝枝节节为之，决不是办法。记得前些时候，报上载过一条新闻，伦敦的警察和市民合作，举行了大规模的扫荡，全市于同一日发动，计用去鼠药数万磅，粮食数吨，厨房，阴沟，一切阴暗角落，全放了药，结果得死鼠数百万头。数百万这数目，不知占全伦敦老鼠总数的几分之几，数百万的数目虽然不小，但说伦敦的老鼠全部毒死，恐怕也不近事理。自然，鼠的猖獗是会因此一举而大大减少的，不过这也恐怕只是一时而已。

似乎凡有人类居住的地方就不会没有偷偷摸摸的又狡猾贪婪的丑类。所差者，程度而已。报上又登过一条消息：重庆市卫生当局特地设计了防鼠模范建筑。我们可以相信这种模范建筑会比竹笆涂泥巴的房屋要好上几百倍；然而我们却不敢相信这样一道防线就能挡住了老鼠侵略的凶焰，当四周都是老鼠繁殖的好场所的时候，一幢好的房子也只能相当的减少鼠患而已。老鼠是一个社会问题，没有市民全体的总动员，一家两家和鼠斗争，结果是不容乐观的。但这不是说，斗争乃属多事，斗争总能杀杀它们的威；不过一劳永逸之举，还是没有。

人们的拿手好戏是妥协。和老鼠妥协，恐怕也是由来已久的。人，到底比老鼠会打算盘，权衡轻重之后，人是宁愿供养老鼠，而不愿因小失大，损坏了他们认为值钱的东西。鼠们大概会洋洋得意，自认胜利，而不知已经中了人们的计。有一家书店把这妥协方策执行得非常彻底，他们研究出老鼠们喜欢换胃口，有的要吃面，有时又要吃米，可是老鼠当然不会事前通知，结果，人们只好每晚在书栈房里放一碗饭和一碗浆糊，任凭选择。据说这办法固然可以相当减少了书籍的损坏，如果这样被供养的鼠类会减低它们的繁殖力，那问题倒还简单，否则，这妥协的办法总有一天会使人们觉得负担太重了一点。

在鼠患严重的地方，猫是照例不称职的。换过来说，也许本来是猫不像猫，这才老鼠肆无忌惮，而且又因为鼠患太可怕了，猫被当作宝贝，猫既养尊处优，借鼠以自重，当然不肯出力捕鼠了，不要看轻它们是畜生，这一点骗人混饭的诀窍似乎也很内行的呢！

1944年3月17日。

蝙　蝠

　　从前有过这样的故事：鸟和兽各合成群打仗了，其间有种蝙蝠。鸟们胜利之后，便飞到鸟那边去，自诩有翅子，能飞；及至兽类胜利了呢，又爬到兽类那边去，自夸能走，它也算兽类的。后来这二者都察觉，两方面调和，共同将蝙蝠扑杀。——这故事是在小学教科书上，很容易寻到的。

　　这蝙蝠也可算荒唐！同时也很可笑！它还太乏。它至多不过看风转舵，投入胜利了的集团中而已。它第一，不能歌颂胜利者的功德而阐扬对方应失败的道理。第二，它不能想方法使鸟兽永远斗下去，从而获得许多利益。第三，它不能无偏无袒地驾乎两者之上，当然，也获得更多的好处而已。

　　人类为万物之灵，所以主意比蝙蝠要好。古人看蛇斗而悟草书之理，甚而至于和龟类学习养生。所谓道法乎自然，人类从自然界所学来的方法实不算少。然蝙蝠却不及人们，实在应该和人们学的：譬如甲乙相打罢，可算战争；丙居中间，联甲攻乙或联乙攻甲，便可算政治；说乙或甲应该被打之理由，便可算主义。这么许多过去了的事实便是历史……这么推论下去，便知道"天下事不过尔尔"。这是人们远胜于禽兽的。

世界上所谓阴谋者，许多其实是"阳"谋。纵横捭阖之术在古代风行过一时，然看去并也不过尔尔。因为无论怎样用手腕，使心机，自处于旁观的地位而实是主动者，是可以"阴"的；然免不了作用，既有作用，便有事实，这便全部表现出来，不免乎"阳"。譬如站在磅秤上量体重，轻轻站了或用力站住实毫无分别，重量是一致的。因因果果纵有错杂，然无颠倒，原形怎样，终必显然。苏张①虽是策士，但是古今没有觉到他们除策士之外还有什么。即算弄到鸟兽永远相斗罢，自己也不过"蝙蝠"而已。

只有是这么想，世界还有一些儿希望。无论怎样暗无天日，真理也仍然是真理，光明也依旧是光明。间谍从来未曾充当过皇帝，流氓从来不曾成为诗人。只看那班人面孔上那么"憔悴深蹙"，便可知道也还有"人性""良知"之类在压迫，那是胜过地狱中的苦刑的。

---

① 苏张：即苏秦、张仪。战国时期从事政治、外交活动的谋士。

森林中的绅士

　　据说北美洲的森林中有一种"得天独厚"的野兽，这就是豪猪，这是"森林中的绅士"！

　　这是在头部、背部、尾巴上，都长着钢针似的刺毛的四足兽，所谓"绅士相处，应如豪猪与豪猪，中间保持相当的距离"，就因为太靠近了彼此都没有好处。不过豪猪的刺还是有形的，绅士之刺则无形，有形则长短有定，要保持相当的距离总比无形者好办些，而这也是摹仿豪猪的绅士们"青出于蓝"的地方。

　　但豪猪的"绅士风度"之可贵，尚不在那一身的钢针似的刺毛。它是矮胖胖的，一张方正而持重的面孔，老是踱着方步，不慌不忙。它的潇洒悠闲，实在也到了殊堪钦佩的地步：可以在一些滋味不坏的灌木丛中玩上一个整天，很有教养似的边走边哼，逍遥自得，无所用心，宛然是一位乐天派。它不喜群的生活，但也并非完全孤独，由此可见它在"待人接物"上多么有分寸。

　　若非万不得已，它决不旅行，整年整季，它的活动范围不出三四里地。一连几星期，它只在三四棵树上爬来爬去；它躺在树枝间，从容自在地啃着树皮，啃得倦了，就打个瞌睡；要是睡中一个不小心倒栽下来，那也不要紧，它那件特别的长毛大衣会保护它的尊躯。

它也不怕跌落水里去，它全身的二万刺毛都是中空的，它好比穿了件救生衣，一到水里，自会浮起来的。

而这些空心针似的刺毛又是绝妙的自卫武器，别的野兽身上要是刺进了几十枚这样的空心针，当然会有性命之忧，因为这些空心针是角质的，刺进了温湿的肌肉，立刻就会发胀，而且针上又遍布了倒钩，倒钩也跟着胀大，倒钩的斜度会使得那针愈陷愈深。因此，遇到外来的攻击时，豪猪的战术是等在那里"挨打"，让敌人自己碰伤，知难而退。因为它那些刺毛只要轻轻一碰就会掉落，而又因其尖利非凡，故一碰之下未有不刺进皮肉的。

然而具有这样头等的自卫武器的它，却有老人的弱点：肚皮底下没刺毛，这是不设防地带，小小的老鼠只要能够设法钻到豪猪的肚皮底下，就是胜利者了。但尤其脆弱者，是豪猪的鼻子。一根棍子在这鼻尖上轻轻敲一下，就是致命的。这些弱点，豪猪自己知道得很清楚；所以遇到敌人的时候，它就把脑袋塞在一根木头下面，这样先保护好它那脆弱的鼻子，然后四脚收拢，平伏地面，掩蔽它那不设防的腹部；末了，就耸起浑身的刺毛，摆好了"挨打"的姿势。当然，它还有一根不太长然而也还强壮有力的尾巴（和它身长比较，约为五与一之比），真是一根狼牙棒，它可以左右挥动，敌人要是挨着一下，大概受不住；可是这根尾巴的挥动因为缺乏一双眼睛来指示目标，也只是守势防御而已。

敌人也许很狡猾，并不进攻，却悄悄地守在旁边静候机会，那时候，豪猪不能不改变战术了。它从掩蔽部抽出了鼻子，拼命低着头（还是为的保护鼻子），倒退着走，同时猛烈挥动尾巴，这样"背进"到了最近一棵树，它就笨拙地往上爬，爬到了相当高度，自觉已无危险，便又安安逸逸躺在那里啃起嫩枝来，好像根本没有发生过什么事情似的。

这真是典型的绅士式的"镇静"。的的确确，它的一切生活方式——连它的战术在内，都是典型的绅士式的。但正像我们的可敬的绅士们尽管"得天独厚"，优游自在，却也常常要无病呻吟一样，豪猪也喜欢这调门。好好地它会忽然发出了声音摇曳而凄凉的哀号，单听那声音，你以为这位"森林中的绅士"一定是碰到绝大的危险，性命就在顷刻间了，然而不然。它这时安安逸逸坐在树梢上，方正而持重的脸部照常一点表情也没有，可是它独自在哀啼往往持续至一小时之久，它这样无病而呻吟是玩玩的。

据说向来盛产豪猪的安地郎达克山脉，现在也很少看见豪猪了，以至美国地方政府不得不用法令来保护它了。为什么这样"得天独厚"，具有这样巧妙自卫武器的豪猪会渐有绝种之忧呢？是不是它那种太懒散而悠闲的生活方式使之然呢？还是因为它那"得天独厚"之处存在着绝大的矛盾，——几乎无敌的刺毛以及毫无抵抗力的暴露着的鼻子，——所以结果仍然于它不利呢？

我不打算在这里来下结论，可是我因此更觉得豪猪的"生活方式"，叫人看了寒心。

1945年5月21日。

上杂谈一则，昨日从一堆旧信件中检了出来。看篇末所记年月日，方才想起写这一则时的心情，惘然若有所失。当时写完以后何以又搁起来的原因，可再也追忆不得了。重读一过，觉得也还可以发表一下，姑以付《新文学》。

1945年12月14日记于无阳光室，重庆。

为《亲人们》

住在乡下，睡得早，午夜梦回，有时听得猫头鹰的唿哨，但不久，一切又都沉寂了，静的就像会听到大地自转的声音；似乎这样的寂静永无止境了，可是远远地打破沉寂者来了，不知名的鸟啼，一声两声像游丝一般，在浓雾中摇曳着。这一根丝，愈细愈有劲，细到像要中断的当儿，突然一片啾唧的声浪从四面八方一齐来了。无数的鸟儿在讴歌黎明。于是在床上等待天亮的人也松一口气，确信那阴森寒冷的夜终于过去了。

这样平凡的经验，可说是每个人都有过的罢？

但这样平凡的感想也许不是每个读了这个小小的诗集的人们会都感到的罢？

把技巧放在第一位的人们是不会感到的；神往于山崩海啸，绚烂辉煌，而对于朴素平易不感兴趣的人们，是不会感到的；不从始发的几微中间看出沛然莫之能御的气运的人们，大概也不会感到；而偏爱着猫头鹰的唿哨的人们，自然更是不会感到的了。

今日的诗坛，的确不算寂寞，但这是怎样的不寂寞呢？这好比一个晴朗的秋夜，璧月高悬，繁星点点，银汉横斜。

读了这本小小诗集，或者会唤起了望见银河那时的惊喜的感觉罢？

　　这里的许多位作者，有的是已经在刊物上发表过他们的作品的了，有的恐怕还是第一回将他们的心声印在纸上。风格也各人不同，有人倾诉他对于最亲最亲者的怀念，有人在对于遥远的未来寄与热烈的希望，有人舐着自己的创伤在低呻，有人则高举旗帜唱着雄壮的进行曲。他们都有一点相同：抒写真情，面对光明。他们更给我们同一的确信："参横斗转欲三更，苦雨终风也解晴。"诗人是对于时代的风雨有着预感的鸟，特别是不为幻影迷糊了心灵而正视现实的诗人，他们的歌声常是时代的号角。在阴沉的日子里读完这些诗，几年前一个深刻的印象又唤回来了。

　　那是在北国，天刚破晓，我被嘹亮的军号声惊醒了。我起来一看，山岗上乳白色的雾气中一个小号兵面对东方，元气充沛地吹着进行曲，他一遍一遍吹，大地也慢慢转身，终于一片霞光罩满了高山和深谷。

1944年2月14日。

悼佩弦先生

古人称盛德君子无疾言厉色，朱自清[1]先生就是这样一个人。20年前，我第一次见他，就有这印象，相交既久，过从渐密，而我这印象更深。然而朱先生取字"佩弦"，似乎自憾秉性舒缓，可是多少登坛演说，慷慨激昂者，其赴义之勇，却远不及朱先生。

文如其人，早有定论。在新文艺运动中，朱先生的贡献不在冲锋陷阵，而是潜研韬略，埋头练兵。他的著作不多，但我深信这都是经得起时间的考验，在新文艺史上卓然自有其地位。我最钦佩而心折的，是他的《欧游杂记》[2]。这样清丽俊逸的文字，行云流水的格调，是他的品性和学问的整个表现，别人想学也不大学得像的。

1927年以后，我们见面的机会比较少了。欧游回来，他路经上海，几个老朋友和他洗尘，有一次畅快的叙会；记得地点是三马路的"梁园"，一个河南馆子。那时候，他面貌较前丰腴。后来相隔几年，在一个朋友家里看见一个人，蓦然惊喜，

---

① 朱自清（1898—1948），字佩弦。诗人，散文家，曾任清华大学教授。

② 《欧游杂记》：散文集。1934年9月上海开明书店出版。

以为是老友，再看却又不是，一问，才知道是朱光潜，那时我心里想："这真是阳货貌如夫子！"

最后一次会到朱先生大概是1939年冬季我赴新疆路过昆明①，那时始知他有胃病。幸而不算严重。年来常听北来朋友谈起他消瘦更甚，但精神尚好，真不料他突然疾发，遂至不治！这是"惨胜"以后我所遇到的第三次意外的悲痛事件。第一次是四烈士堕机②，第二次是陶行知突然逝世。李闻遇害，我倒并不感得意外；因为自我在较场口③亲眼看见公朴如何挨打，我就知道迟早他要遭毒手，而在公朴遇害以后，闻一多之必遭毒手，差不多也是大家料到的。

朱先生最近把《闻一多全集》整理完毕。我猜想他在校勘了最后一页时，也许曾这样闭目默祷道："一多，你的全集不久就可以出版了，你所不共戴天的人民的敌人不久也就要垮台。那时候，我们将以一束清香，告慰你在天之灵！"可是朱先生想不到他自己也不及见这不久就要到来的一天，我想他是死不瞑目的！

---

① 作者赴新疆途经昆明的时间为1938年12月28日，此处系误记。

② 四烈士堕机：指王若飞、叶挺、邓发、秦邦宪等于1946年4月8日因飞机失事遇难的事件。

③ 较场口：在重庆市。1946年2月10日，重庆各界群众万余人在较场口集会庆祝中国政治协商会议的成功，国民党当局派出大批特务至会场捣乱行凶，史称"较场口事件"。

我的中学生时代及其后

时常这么想：如果我现在又是个中学生，够多么快活！我时常希望在梦中我居然又是中学生：我居然又可以整天跑、嚷，打架，到晚上睡在硬板铺上丝毫不感困难地便打起鼾来；居然又可以熬整夜预备大考把大捆的讲义都强记着，然后又在考试过后忘记得精光；居然又可以坐在天桥上和同学们毫无顾忌地谈自己的野心，幼稚地然而赤诚地月旦人物。呵呵！热烈愉快的中学生时代！前程远大的中学生时代！在那时，如果有谁不觉得整个世界是他的，那他一定不是好中学生，我敢说！

然而我始终未尝在梦中再为中学生，甚至中学时代的同学也不曾梦见半个。不过是十多年呢，然而抵得过一百年的沧桑多变的这十多年，已经去的远远，已经不能再到梦中来使我畅笑，使我痛哭，使我自负到一定要吞下整个世界！

是的，吞下整个世界！是中学生，一定得有这个气魄！有一个挨得起饿，受得起冻，经得起跌打的身体，有一个不怕风吹，不会失眠，不知道什么叫做晕眩的脑袋，还有，二三十年大好的光阴，原封不动地叠在他前面，他自己将来的一切，社会将来的一切，人类将来的一切，都操在他手里，都等待他去努力创造，他怎么可以自己菲薄？

遇到了年青的朋友时，我总喜欢听他们谈他们的中学生生活。听到了他们这时代所特有的斗争生活的紧张和快活，我常常为之神往；再听到了他们这时代所特有的青年的苦闷，我又常常为之兴奋而惆怅。不错，现代的青年，尤其是前程远大的宝贝的中学生，都不免有些苦闷，都曾经有过一度的苦闷；始终不感得此苦闷者，若非"超人"，便是浑浑噩噩的傻瓜。超人非此世所有，因而只有好中学生才会有苦闷，有一时的苦闷罢？这是我们当此受难时代所不得不经过的"洗礼"呀！时代的特征就是每一个有造化的青年必得经过一度苦闷。应该欢迎这苦闷，然后再战胜这苦闷，十分元气地要吞下全世界似的向前向前，干着干着，创造你自己将来的一切，社会将来的一切，和人类将来的一切罢！

斗争的生活使你干练，苦闷的煎熬使你醇化；这是时代要造成青年为能担负历史使命的两件法宝。

在我的中学生时代，却没有福气来身受这两件法宝的熏陶。相差不过十多年呀，然而我的中学生时代是灰色的平凡的，只把人煨成了恂恂小丈夫的气度。在我的中学生时代，没有发生过一件事情使我现在回想起来还感受着兴奋和震荡。也许就是为此我始终不再梦见我的中学生时代了。

我的中学生时代是灰色的，平凡的；没有现在的那许多问题要求我们用脑力思考，也没有现在的那许多斗争来磨练我们的机智胆略。学校生活的最大的浪花是把年青的美貌的一年级同学称为Face①而争着和他做朋友，争着诌七言的歪诗来赞颂他，或是嘲笑那些角逐中的对方。我经历过三个中学校，浙西三府的三个中学校，我的最可宝贵的中学生时代也就在这样灰色的空气中滑了过去。如果一定要找出这三个中学校曾经给与我些什么，现在心痛地回想起来，是这些个：书不读秦汉以下，骈文是文章之正宗；诗要学建安七子；写信拟六朝人的小札；举止要风流潇洒；气度要清华疏旷……当时固然没有现在那些新杂志新书报，即使也有一二种那时所谓新的，我们也视为俗物，说它文章不通，字非古义。在大考时一夜的"抱佛脚"中，我们知道了欧洲有哪些国，那些战争，和中国有哪些条约，有所谓法国大革命，拿破仑，普法战争，日俄战争，然而我们照例是过了大考就丢在脑后去了。世间有所谓社会科学，我们不知道，且也不愿意去知道。是在这样的畸形闭塞的空气中，我度过了我的中学生生活，这结果使我现在只能坐在这里写文章，过所谓"文士生涯"。

那时我们亦无所谓"苦闷"。苦闷的人是有福的，因为这是思想展开到某种程度的征象。因为通过了这一时期的苦闷，他的思想就会得确定，他将无往而不勇敢，而不愉快。我们的中学时代却只有浑噩，至多不过时或牢骚，一种学来的牢骚：

———————————————

① Face：英语，意即面貌、面容。

太息于前辈风流不可再见，叔季之世①无由复闻"正始之音"②那种无聊的非青年人所宜有的牢骚。

中学毕业的上一年，"辛亥革命"来了。住在沪杭铁路中段，每天可以接读上海报纸的中学生的我们，大概也有些兴奋罢？大概有一点。因为我们也时常到车站上买旅客手里带着的上海报，并且都革去了辫子了。然而这兴奋既无明确的意识的内容，并且也消灭的很快。第一个阳历元旦，在府学明伦堂上开了什么市民大会一类的东西，有一位，本来是我们这中学的校长且又是老革命党而又新任什么军政分府，演说"采用阳历的便利"；那天会里，这是惟一的演说。现在我还依稀记得的，是他拿拳头上指骨的凸出处来说明阳历各月的月大月小。如果说我在中学校曾经得了些新知识，那恐怕只有这一件事罢？

后来我又进过北方某大学，读完了三年预科，我还是我，除了多吃些北方的沙土，并没新得些什么，于是我也就厌倦了学校生活了。

现在，三十许的我，在感到身体衰弱的时候，在热血涂涌

---

① 叔季之世：叔、季，原指长幼次第。《左传·僖公二十四年》："昔周公吊二叔之不咸。"孔颖达疏："通谓国衰为叔世，将亡为季世。"这里作国家衰落将亡的时代。

② "正始之音"：正始，魏齐王曹芳的年号（240—249）。正始之音，指魏晋时代的玄学清谈的风气。

依然有吞下整个世界的狂气的时候，每每要遗恨到我的中学生时代的太灰色太平凡了。我总觉得我的太平凡太灰色的中学生时代使得我的感情理智以及才能，没有平衡的发展，只成了不完具的畸形的现在的我。时代不让我的青年时代，最可宝贵的中学生时代，在斗争的兴奋和苦闷的熬炼中过去，不让我有永远可以兴奋地回忆着的青年时代的生活的浪花，这也许就是所谓早生者的不幸罢？

　　这也就是为什么我时时有这样的感想：如果我现在又是中学生，够多么快活！好像是一个失败的围棋手，在深切地认知了过去的种种"失著"以后，总想要再来一局，而又况我的过去的"失著"都好像罪不由己，都好像是早生几年者该得的责罚似的。

　　相差不过十多年呢，然而在现今这大变化的时代作中学生是幸福的！各种的思潮都在你面前摊开，任由你凭着良心去选择，很不像我的中学生时代只能听到些"书不读秦汉以下"一类的话语。学校生活不复是读死书，不复是无聊到仅仅在一年级新生中间发见Face而是紧张的不断地有斗争，还是社会的活动。这些，这些，多么能够发展你的才具，充实你的生活！历史的大轮子正在加速度转进，全世界的人类正在唱着伟大的进行曲，你们，现代的中学生，躬逢其盛地正好把年富力强的数十年光阴贡献给社会给人类！历史需要着成千成万的中学生青年来完成光荣的使命！谁觉得出了中学校的大门便没有路走，那他不是傻瓜便是软骨头！

历史的悲壮剧的展开是数百年而始得一见的，青春，中学生时代，人生也只有一次；正在青春而又正在前程无穷的中学生时代，而又躬逢数百年一见的历史的悲壮剧的展开，而或又更幸而未生在富贵家庭被捧在掌里含在嘴里做活宝贝，这真是十全的"八字"，应该不要辜负，应该不要自暴自弃，应该比什么人都兴高采烈些！

只有不幸而生于富厚之家被捧在掌里含在嘴里做活宝贝烘软了骨头的现代青年，才是很不幸地只配在历史的大轮子下被碾成肉泥！

这样的不幸儿是可怜的，他没有自由的身体，他没有选择他的生活的自由，他就不配有吞下整个世界的豪气。

我很庆幸我没有被捧在掌里含在嘴里当做过活宝贝，所以虽然我的中学时代是那样的灰色平凡，从那样的陈腐闭塞几乎将我拖进了几千年的古坟里去，可是历史的壮潮依然卷我而去，现在我还坐在此间写这一篇文字。但是我依然羡慕着现今为中学生的幸而不被捧在掌里含在嘴里当作活宝贝的年青的朋友。呵呵！尚在中学校或将出中学校的年青的朋友呀，不要以为你是一个小小的中学生看着那庞大混杂的社会而自惭形秽，不是这么的，正因为你是个寒苦的中学生，你的骨头尚未为富贵利禄所熏软，你有好身体，你有坚强的意志，你肯干，你是无敌的，你刚在入世，你有年富力强的二三十年好光阴由你自己支配，你自己将来的一切，社会将来的一切，人类将来的一切，都操在你手里，都等待你去努力创造呢！

自然在你创造的途中有些困难等着你，但是你总不至于忘记了"不遇盘根错节，无以见利器"①的古语；也许你在创造的途中丧失你个体的存在，但是你总可以想见富家的公子常常会碰到绑匪，或者是吃得太多送了性命！

30年代照例是新历史的展开期，前程远大的，什么都足以骄人的中学生呀，新时代在唱着进行曲欢迎你，欢迎你！

---

① 语出《后汉书·虞诩传》："不遇盘根错节，何以别利器乎？"

第二辑

火与智慧

历史上虽有类似，然而决没有翻版，历史是决不会重复的。不明白这个道理的人每每狃于故常，妄想翻版，结果只有自取灭亡。如果说历史的作品对于我们有一些人有益处，大概就在这一点上。

佩服与崇拜

我以为我们不论对于古人或今人，只有佩服没有崇拜；而且佩服的也决不是这"人"，却是这人的"某话""某行为"。换一句话，即是佩服的是真理，不是其人（真理本来常存，不过因其人一为发扬，更加显明，人人知道罢了，不是发明，可说是发见）。

我又以为凡是佩服，一定是先了解其人的话；就是听了这句话后，先经过自己理性的审考，觉得这句话实在是我有在心头，而说不出于口头的，实在打中了我的心坎，然后佩服的心会生；否则，这是盲从。何以会不辨辨人家说话的味道就盲从呢？因为对于其人崇拜的缘故。

所以我说：只有佩服，没有崇拜；因为崇拜的心理，易使行为入于盲从。

我又以为中国人崇拜心是一向很重的；几千年来入儒家者流的人，对于孔二先生，没有一句话是错的，这是一层崇拜；像后汉王充这种人敢于诘孟、问孔（《论衡》上两篇名），真是毁圣的了，放在明朝，谁不将他和金圣叹一般骂，然而因为他到底是古人，所以他的书不毁，纪老先生①也请他进四部的子部杂家，没有加他一个"驳杂不纯"，放在存目，这不是又是一重崇拜么？

所以我说，中国人是富于崇拜性，大家崇拜孔二先生；后人又崇拜今人；推之于现社会，便是"白胡须老头儿"比较得古些，所以说话也灵些。

但是现在我们应得醒醒了，应得把脑子里崇拜二个字的影子磨了，只可有佩服，而且只佩服真理，不是人——就是我们得多起理性作用，少起感情作用。

本来我们大家是向那无尽长的进化的阶段上爬，爬上十个阶段的人，看看后面只爬一二级的，自然觉得爬得高了，后面爬一二级的，看看前面爬十级的，自然也觉得他高，但是和"无尽长"的一比，便都要"索然"了；我以为我们若将崇拜心揞牢，便见不到这境界，不但害了自己，也累了那爬到第十级的苦人儿，生生地做成个偶像。

所以我说：我们要晓得自己爬到哪级，就是学问到什么分寸，也要晓得大家都是朝无尽长的阶段爬；我们千万不可自傲，不可看人不起，却也不可崇拜什么人；立在那无尽长阶段的第一级的人，看着立在第十级的，只有佩服罢了，而且佩服的不一定是全体，一句话也好。

----

① 纪老先生：指纪昀（1724—1805），字晓岚，河北献县人。清代学者，曾任四库全书馆总纂官。著有《阅微草堂笔记》等。

照这样说来，那极力鼓扬侵入的暴强的主者道德（master moral）的尼采，也不该不佩服了；因为他提倡主者道德虽然是错的，但他从生物学上证明现社会的道德信条本来不过是利用他底一种人弄成的，不是绝对的真理，那倒是我们推翻旧道德，估定新价值的极妙利器了。所以这一句话，我们可以佩服的〔关于主者道德之说，请看尼采的 *Beyond Good and Evil* 及 *Geteology of Morals*①两书，我在商务印书馆《学生杂志》今年二号上登的尼采的学说（二）一篇中，亦有说及〕。

总而言之，我们现在，首先欲把脑子里旧字典上的名词除掉几个，崇拜也是其中之一；而且崇拜两字的坏处，人家倒不大明白；还当是好的，犹之乎爱国两字一样，又犹之乎男女交际中的爱情一样！我们爱的是人类全体，有什么国，国是拦阻我们人类相爱的！我们凡是生物，除了作恶为害的外，都互相有爱情，为什么只是男女，有了男女的爱情当作神圣品，岂不是把人类的大爱缩小么？此话甚长，现在姑且缩住不讲。

我上面的许多话本是多说的，却见现在的青年，渐渐要发挥盲从的手段，而且也硬请人做偶像，崇拜了，所以小子要多嘴说几声，但是终究是费话！糟蹋了《学灯》栏好好的纸张，我是要忏悔的呀。

---

① *Beyond Good and Evil*，即《跨过善和恶》；*Geteology of Morals*，即《道德的历史起源》。

"全"或"无"

　　曾记得两三月前我得了朋友的一封来信，内中有这样的一段话：

　　　　……我说中国人太豁达（？），对于生活欠缺热烈的执著心，欠缺欲望，他们现在只是以最低限度的生活为满足，而且便是对于生命也并不十分爱惜——这是反自然的，但是实在情形——实在难以救药。……

　　当时看了这一段话，感着异样的不快；回家吃饭时没事，便把这段话说出来，大家乱谈。我们从各方面想去，觉得中国人确是欠缺对于生活的热烈的执著心，欠缺欲望。大家对于生活的改善，决不想努力，旧话所谓"士之子恒为士，农之子恒为农，……"，能世守其业不失的，便算是已经尽了人生的最大目的；觉得这已经好极了。设或不幸而有天灾人祸到他们身上，他们也没有法子，只是怨天尤人罢了。所以说中国人对于生活欠有热烈的执著心，至少可说有一半是不差的。但是中国人却又是最爱惜生命的，无论怎样的黑暗生活，奴隶生活，都忍受着，苟安偷活，不想振作。因为要振作——革命——必须先牺牲，苟安偷活的人如何能有勇气去牺牲？翻遍中国的历史，几曾见有民众崛起反抗强暴这些事？只要尚未走投无路，完全没得饭吃，中国人总是苟且偷活，不想别的念头。外界的苛政暴刑逼到他们身上，他们只是像走兽见到猎人一般，辗转趋避而已。被赶到泥淖里，也不妨；被赶到暗洞里，也不妨；只要尚可以求到最低度的活，决不想反抗。民族有了这等的仅仅求活而不求高贵生活的性质，还有什么希望呢！

这种性质，在理论方面表露出来的，便是中国人的喜欢"折衷"，喜欢"调和"。折衷与调和，何尝是全然要不得的，只可惜中国人的折衷与调和就是苟安退缩的代名词，所以万万要不得。我们只看现在人中一千个里至少有一半是自私自利者，但是极端的天不怕地不怕的egoist①却一万人里没有一个，可知民族气质之衰颓已到极点，不论哪方面，都产不出极端的伟大的人物来了。

现在我们希望老大的中国返老为童，除了竭力铲除这种劣根性而外，还有别法么？"宁为玉碎，毋为瓦全"，这正和易卜生所说"全"或"无"一般。如今不是我们"全得"，就是我们"一无所得"；什么折衷，调和，统统收拾起来罢。

----

① 意即利己主义者。

罪人与诗人

在法庭宣布罪状的时候，还有许多人向一个罪人掷花！欢呼！这是何等可歌可泣的事呀！

这几年中国人最怕事，如果听得故交，或志士犯了罪（？）早已远远避去，惟恐连累着自己，还敢在法庭上作正义之呼吗？

欢迎一个诗人，是极容易的事，欢呼一个罪人，没有十分勇敢之气，就做不到；但欢迎一个消极的诗人，不及欢呼一个积极有主义的有价值罢。

顾全面子

中国人向来讲究面子。因为注重面子，于是便轻视里子。许多人面子上很好，肚子里不知多么坏；许多人因为要面子，骨子里宁可吃点亏。有些上海人饭可以少吃一餐，什么印度绸，华丝葛，铁机缎的衣服却不可不制。大家都只讲究面子，内部便弄得一团糟；大家只看得见面子，里面坏的人便愈坏。

北洋大学的学潮本来早可解决，因为北庭顾全冯熙运的面子，不肯让他去，所以相持至今。现在虽然解决，还要顾全他退一步的面子，让他自动的辞职，而许多学生的光阴，就误在这面子之中了。

办公与营私

孙胡子不满意买办总长[①]，就是因为他在家里办公。在家里办公，诚然是不成体统，但是北京的局面根本上就是一团糟，还有什么体统不体统呢。

至于王买办不肯在部里办公，大概因为那其间，没有粉红黛绿的人围左右。现在一般官僚嗜好女色，仿佛嗜好烟酒，如果有几个妖艳的妇女在旁，做起事来，大概就同吸着雪茄烟一样可以助长思想，所以前清做官的每带着家眷住在衙署里。照这看来，在家办公，乃是官僚特种嗜好，不过王买办还够不上说办公，只好说在家营私，至于孙胡子一般人，可说是在院营私。营私则一，只是有在家与不在家之分罢了。

---

① 买办总长：指当时北洋政府的财政总长王克敏。

风，雨

经过一天的风雨，便觉得非常沉闷。有许多事，物，也会被风被雨摧残了。但仔细一想，眼前的一般人哪一天不处在风雨飘摇的地方。茫茫大陆，没有许多大厦来尽庇寒士，于是许多贫民就葬埋在这风中雨中了。

荡漾的风潮，不平自起，而枪林弹雨，则为点缀风潮之必需品，风也，雨也，这两种纠葛，不知到何时才可以解决呵。

做 梦

　　梦中的景象是个幻境，当然是不会长久的，但许多人做着甜蜜梦时，等到醒来，还要恨好梦不长，总要再寻旧梦呢。

　　北京许多政治人物，他们的政治生命，每如昙花一现，过后思量幻如一梦，尤其以所谓总理的地位时期最暂，什么第一流内阁……以至现在孙胡子内阁，都不过是一程一程的短梦罢了。梦境的甜酸，都不是长久生活，我望孙胡子以后不要再寻梦境，自寻苦恼罢。

做官秘诀

在北方做官，得意时，一要会弄钱，二要会谄媚；失意时，一要会装病，二要会送家眷装要下台。

能弄钱，不但军阀欢喜，便外人也要称赞！因弄钱非卖国不可，自然收买旧货的人要赞美了。会谄媚不但军阀高兴，便是军阀左右人物以及妻妾都高兴，因为谄媚必先从军阀妻妾或幸人入手。

至于装病，送家眷，虽为撒娇之作用，但不先会弄钱或谄媚，撒娇便要失败的。

猪兔之争

在豺狼当道的时候，而有猪兔之争，既暴露兽之弱点，更现出兽的原形。也是人类间一件快事。

猪与兔虽同为兽类，但一则好吃懒做，一则狡猾易得人喜。猪养肥了，没有什么用处；兔子很可供茶余酒后之赏玩，因这一比较，猪对兔相形见绌，于是就大发猪性和兔子过不去了。其实猪只可供人豢养，毕竟不能取悦于人，而且狡兔有三窟，这一群笨猪怎样比得过它们呢。我看既同是兽类，还是耐点气了罢。

"审定"的推测

现在上海影戏事业，日渐发达，但不知何故，大家都要拿片子送给教育会去审定，难道教育会诸君真能够一言而为戏界法吗？

影戏界既视教育会为万能，就应该在未拍好以前将脚本拿给他们看；等到已经做好了，拍给大家看过以后再行送去审定，又有什么用处呢？

以教育会而审定影戏，而影戏界又以审定为荣，大势所趋，将来影戏学校的教科书，或亦须请教育会编辑，什么《狸猫换太子》《老林黛玉》，恐也将要求教育会审定，甚至于沿街卖曲的，菜场上卖艺的，也都要求教育会审定，教育会诸君是赞成平民教育的，当然不至于因在小菜场卖艺，便拒绝不去看，不审定的。

谄与媚

　　能谄人者，便能骄人，谄与骄颇有连带的关系。从前有人画一木梯，梯上人物，均系承上踏下，用以形容中国人，其意盖谓中国人多系谄上而骄下也。一般人物虽不尽如此，但具此种劣根性者，确不乏人，尤为得意之人；因是谄风大开，昔日娼妓视为秘术者，今皆流行于官僚商贾中矣。若梯子上之人物，一齐下地，则岂仅免除怪现象哉。

政客之行径

政客与官僚，同一不是好人，但是政客的路宽，官僚路窄，政客容易活动，官僚容易失败。

政客在台上便做官，下了台还可以扇小扇子，可以发快邮代电。有时一个电报可以和军阀发生关系，奔走于风尘之间，还可以有金钱进账。在得意时便以替国家做事为题目，在失意时即借办理家乡事业为活动余地，一举一动，表面上都是为国勤劳，实际上都是替自己打主意。旁观者不察，犹为捧场，真太盲目了。

救　灾

在军阀盘踞的区域，人民日处水火之中，早已成了一幅灾民图了，但从不听得有人去拯济这灾民图中的灾民。

偶然发生水灾，大家都觉得伤心惨目，纷纷设法去拯救，其实这偶然的灾哪及那永久的灾情利害，恐更不及那永久灾区之广罢？

我并不是不赞成救灾，不过我以为不仅要救一时之灾，更须要救历年积压下来的灾。苛政猛于虎，恐怕在现社会不少愿做灾民，不愿做贫民的呢。

昨天所见的事

昨天为阴历七月半①，许多迷信的朋友，烧香焚纸，忙的大汗淋漓，不叫一声苦，这样热忱，真令人不可及，可惜是救鬼，不是救人罢了。

我想中国人天天在那里过七月半，政治舞台上，不少恶鬼，滑头鬼，促狭鬼……伸着手向大家要钱，这种钱，却不像送鬼礼，买几张纸烧烧便可了事呵。

---

① 阴历七月半：即盂兰盆节，佛教徒为追荐祖先在这一天举行的宗教仪式。

同是幻术

今天本栏青君所述的幻术，变化万千，不但看者称奇，便是听了也要称奇的，然而无论如何奇妙，只是一个幻术，说破了便不值一看了。

但，现在社会上许多人，营营逐逐，何尝不是在那里变戏法。许多政客官僚，上了台，五花八门，弄得旁观者目迷五色，莫知所以然，但历时未久，几套戏法变完，便被人看穿，晓得他们的行为，都是骗人的。这变戏法的至此也只好偃旗息鼓了。

空气作用

现在的人，都知道空气作用，因此在一件事未做之前，已先制造一种空气，等到空气浓厚，然后发动，便有事半功倍之效。也有想做一件事而心里又不敢做，于是也先制造一种空气，如果有人破坏，力量薄弱，他也就顺风转舵，不再发作了；反之如果没有人破坏那恶劣空气，让它势力浓厚，那么制造者有恃而无恐，便在这些空气中着着实实的干起来了。还有一种人，做了一桩说不过去的事，看见反对的空气浓厚，顿起恐慌，于是想出种种方法来压制这空气，等到将空气消灭，便可化大事为小事，以不了了。由此看来，空气之作用可谓大矣。

软性读物与硬性读物

浊世不可与庄语。这句话若用现代语来作个解释就是：当政治昏暗，思想迷乱的时候，即使有人喜欢看看什么出版物，大抵只喜软性读物，决不喜看费脑力去记去思考的硬性读物；做文章的人极该了解这个道理，多做些软的，莫做硬的。

这句话究竟对不对，我们只要稍稍考察现在的社会状况，便可以知道。

日报可算是最普通——不，普遍的读物了，然而十个读报人中总有九个不是从头至尾一字不漏的读完的；他们大都先拣了和自己有关系的新闻来看了（假定这十个人不是属于同一职业同一阶级同一智识程度的），然后再拣几栏看看，——被拣的大概是软性读物，如《申报》的《自由谈》，《新闻报》的《快活林》，《时报》的《小时报》……如果那位看报的先生是无所事事的，他不喜欢看电报——尤其路透电，不喜欢看商业新闻，教育新闻，那么，他大概是首先看软性的"报屁股"，其次，则到本埠新闻中去寻几条记述争风吃醋打架捉赌……诸如此类的琐闻来看看，就完了他的事。至于报馆里编辑先生们很重视的什么国外通信，北京通信……之类，恐怕除了对于政治特有兴味的人，一般的读者总嫌太硬性，多半是不看的。

日报不过是一个例，然由此而一般人对于其他出版物的迎拒已可概见。即以文学书而论，如果你去调查一下各种文学书的销数，便知道小品文随笔创作小说等销得最多，其次是诗集和翻译小说，又其次是戏曲等等，至于文学原理的书和什么文学史，简直销得极少。从销售的数目字里，分明表示现在读文学书的人们也喜欢软性的读物，不喜欢硬性的。

读物犹如食物，只要无碍于卫生，软硬原亦无择。我们不能说硬性读物会比软性读物好。然而一般读者的智识胃之消化力太弱，故而只能吃些容易消化的软性读物，却也是不能掩饰的事。说得严重些，这竟是国人智识的病的现象。这分明表示民族精神的荼疲颓丧，没有勇气来企图繁剧艰重的事业了。

四五年前，国人始感觉得智识的饥饿，颇有饥不择食的样子，对于各派的学说无选择地整个儿吞下去；当时颇有人担忧，以为长此以往，必要吃出病来。但是我还觉得四五年前饥不择食的现象，虽有似于卤莽盲动，尚不失为康健的象征，在盲动之中带着一种奋发有为凌厉迈往的气概，比起目前的虚弱无力的病的现象来，实在好得多；但是昔日的则或者以为忧，今日的则大家不以为可惧！

智识的胃和食物的胃毕竟是不同的。食物的胃消化力弱的时候，自然不宜强进不容易消化的食物，但是智识的胃消化力不强的时候，我们不应该专进容易消化的软性读物，致使它的消化力愈加退步。我们应该鼓励那正害着胃弱症的读者界努力进些硬性的读物。我们尤其希望青年们别只让血液沸腾而动感情，应该绞绞脑汁起点理智作用！

现代的！

现代的恶魔是满面和气的伪善者，他的两把杀人如麻的板斧是"麻醉"和"欺骗"！这位新式的Satan[1]不是"上帝"的反抗者而是同谋者。他教人们永远空想着那永远骗人的渺茫的"天国"和"乐园"。

他的旗帜是：超现实的美，陶醉心灵的神秘，至高至大的理想！

他的生活方法是躺在泥浆里梦想那渺茫的美，神秘，理想，"给心灵上一种陶醉，一点慰安"！

现代的"骑士"不仗剑，不使槊；他们是轻裘缓带，白眼看青天。他们拥护封建主的武器是虚无主义，"绅士风度"，幽雅自在，他们的堡寨是圣经贤传，西洋古典文学，近代一切大思想家——大骗子的梦话！

但是我们现代又有大神曰：speed[2]！

相当于"speed"这一字的意义的，有我们现在的流行语：

---

① Satan：英语，意即撒旦、魔鬼。

② speed：英语，意即迅速、紧张。

"紧张"！

现代生活是"紧张"的，现代人的神经是"紧张"的。这"紧张"的主要成因，就是一方面人类正开始了亘古未有的"大创造"，而一方面也正进行着亘古未有的"大决算"！

所以我们现在说"紧张"是指新的人类以大无畏的精神急趋于新世界的创造——新生活关系的确立，那样的伟大使命时所必需的"猛进"和"魄力"；这是一种作战！这是有计划，有目标的；裂碎了旧的躯体，分娩出新生命新个体来！

这样的"紧张"也必须成为现代文艺的主要色调！

19世纪末年的文艺曾经渲染了所谓"世纪末"的色彩：赞美着生活的急变，讴歌着"速度"和"威力"。这也是一种的"紧张"，但不是我们现在的"紧张"！这是旧世界趋向于溃灭的惊惶失措，手忙脚乱！

未来派的文学是那样"世纪末"紧张的尖端表现。他们讴歌"速度"，但那是向迷途，向绝地，向溃灭！他们讴歌"威力"，但那是暴乱的破坏的威力！

现在我们的文艺女神也叫做"紧张"，——也是"速"，是"力"，可是不同方向，不同质！

1932年12月12日。

学　生

　　五四、五卅运动的时候，青年学生真乃出足了风头。当时对于学生的看法，显然有两极端：一是赞颂，赞颂之甚者大有希望学生把国家兴衰巨任整个儿担负了去的意思；又一是诅咒，诅咒之极致则为痛哭流涕长太息于"国家不幸，乃有妖孽之学生"。

　　后来，学生这一名号渐渐不受人注意；因为据说国家大事到底不能付托给青年学子，仍须奔走革命数十年的老革命继续努力才行。到了孙传芳部下大刀队在上海屠杀青年那时候及其以后，学生这一名号就霉到极顶。这时候一般人对于学生的看法也不同了：学生到底不中用！

　　然而沈阳事变来了。三天工夫内，东北三省沦于敌手。正当"不抵抗"呀，"镇静"呀，"声诉国联"呀，闹得不亦乐乎的时候，突然又以"学生运动来了"告警！南方的学生到首都请愿，北方的学生也要南下。那种火拉拉热惹惹的情形，委实叫大人先生们看了觉得比东北失陷还要严重些。但这时一般的批评却颇不美；这时的学生只落得了"狂躁妄动，被人利用"的恶名。即使是最宽恕的论调也以为学生们成事不足，败事有余。"一·二八"上海战事以后，我亲耳听得一位老先生忿忿然说道："都是学生闹出来的！可是东洋兵来了，学生早又跑得精光，叫老百姓顶罪！"这句话实在代表了许多可怜的忠厚人对于学生的批评。近来许多责备学生"也要逃难"的命令和舆论实在骨子里也就和上述某老先生的话一鼻孔出气。他们不是把学生看成捣乱分子，就是把学生看成三头六臂不怕刀枪的天人。

似乎学生是知识分子，不是兵，这是粗浅的事实，竟有许多人还不很懂！于是在这"不懂"下面，学生这一名号又再度霉到极顶。

时髦病

所谓"时髦病"是矛盾混乱的社会里常见的一种流行病。"时髦"二字，在这里并不作通常的"趋时"的解释，而有"硬要出语惊人"的意义。

"时髦病"有好几种，这里只说那最普遍的一种。这一种的病像是——

打倒一切：什么都是要不得了，但是谁也不配去执行那"打倒一切"的工作。

骂倒一切：觉得别人都是不彻底，都是错误的；但是他自己跳在云端里，永远不曾脚踏实地走一步，所以他就永远彻底，永远不会错了。

不屑做平凡的事：看见人家做披荆斩棘探路的工作，他是要冷笑的；他说"只要跳过去就行了，谁耐烦这么枝枝节节地干"！可是他自己永远不曾跳给人家看。

他过着小布尔乔亚的生活，但口口声声咒骂别人是小布尔乔亚；他在封建思想和封建势力的包围中，但他以为封建思想早就没落了，封建势力只存半口残喘，因而假使还有人在那里攻击封建思想，在他看来，就是时代的落伍者。

他是独往独来的英雄，他否定客观的现实！

他嘴里从不说"我"，但他的心里常有一个大字——"我"！

他天天嚷着：要光明，要自由！但是他望见了那由黑暗到光明之间的一段半明半暗的路程就害怕了，而且他用美妙的词令来掩饰了他的害怕。他要自由，可是他不肯爬上那到自由的梯子，因为他反对平凡的一步一步的爬，他的理想是"飞"！

他的喜悦是：常常有材料给他骂，他因此是一个最勇敢最彻底的"革命者"。但他的悲哀是："革命"不了解他！

论洋八股

有"国"斯有"洋"。有了国货八股，自然也有所谓洋八股。

国货八股是帝王统一思想的手段。同样在外国古代现代的有冕无冕的帝王都有那么一手。对国货八股而言，那就是洋八股。

这是洋八股的一个解释。也可以说是洋八股的本来意义。

海通以还，洋货输入中国，跟着就扰乱中国本有的社会经济组织，于是国货八股失却作用了，不得不乞灵于洋八股。于是我们这里就有了洋八股了。这种洋八股是要代替国货八股来"正人心，拒邪说"的，例如法西斯主义便是最新的洋八股。

洋人还有别的八股。例如法西斯主义不大行得通的地方，便有社会民主主义这项洋八股。我们中国是一个复杂的国家，所以也有人输入这项洋八股，虽然销路未见怎样畅达。

此外，土耳其的基玛尔，印度的甘地，都是"八股名手"；他们的八股别是一种风格，而其与正统洋八股"殊途同归"，则亦既已成效共睹。因而在我们市场上也曾大登其广告。

洋八股还有两项得意的笔法，就是麻醉和欺骗。这虽是"偏锋"，力量可也不下于正面的单刀直入。国货八股本来也有此种手法，但总不及洋八股能把这两者研究到变化无穷，神妙莫测。而照最近的事实看来，我们的洋八股学生在这上头却也不弱于乃师了！

现在华盛顿会议快就要开了。说不定就有一篇惊人的洋八股出来，我们等着瞧罢！

洋八股还有别的解释，但这不在今天题意之内，将来有机会再谈。

现代青年的迷惘

假如有一个青年在"五四"那时吃了睡药，沉睡十年，而今忽然惊醒，定睛一看，他那惊诧，当非言语所能形容罢！

第一，他所崇拜的新文化巨子大半摇身一变，从诅咒军阀官僚而变为依附军阀官僚，从拥护青年的利益变而为屠杀青年的刽子手。第二，十年前想也不会想到的混乱黑暗残酷，而今成了家常便饭，而且人们的忍耐力扩大到可惊的不合理的程度。第三，假如他找到了从前的伙伴，就知道他们不是变到不认识就是已经老了；也许他不免要提起"火烧赵家楼"的故事，那么，老了的旧伙伴只有摇头太息，而变了的却依然神气活现大骂"曹陆该打"！并且提出警句来，说是"今日之糟都是从前人的罪恶"。而第四，假如他仍想进学校，则普遍的男女同校以及社交公开将使他一喜，而更普遍的女生艳装和男生进跳舞场又将使他一惊；他记得从前是穿了丝袜就要被骂为堕落，看看电影就要被骂为腐败。

他一定糊涂到要发疯！

世上不会有一睡十年那样的事，可是现方二十岁的青年翻看十年前的"历史"和眼前的现实一比较，也不免要迷惘到发疯罢？如果他再翻看三十年前的"历史"，看到曹陆的学生时代也是如何革命，也许他会点头叹息道："历史是循环反复，一蟹不如一蟹！"

于是迷惘的他也许从此悲观，或者流入于中国式的虚无主义了罢？

但假如他能用功，能够从社会科学的理论上去解决他的迷惘，他就会知道历史原来未尝循环反复，在混乱黑暗残酷十倍百倍于十年前的今日，在混乱黑暗残酷的又一面，也有那反抗的势力十倍百倍于十年前了！历史是在前进呵！而且因为时代的轮子不是在虚空中进展，所以障碍的增多就证明了进展的勇猛剧烈呵！这好像是老生常谈么？然而假如你走出书斋，到十字街头，到农村，就能看见老生常谈不是空头支票。

只有到十字街头到农村中去体验铁一般的事实，青年们的迷惘才能得到真正解救。

谈迷信之类

　　辛亥革命的"前夜"，乡村里读"洋书"的青年人有被人侧目的"奇形怪状"凡三项：一是辫发截短了一半，末梢蓬松，颇像现在有些小姑娘的辫梢，而辫顶又留得极小，只有手掌似的一块，四围便是极长的"刘海"；二是白竹布长衫，很短，衣袖腰身都很窄小，裤脚管散着；三呢，便是走路直腿，蒲达蒲达地像"兵操"，而且要是两三个人同走，就肩挨肩的成为一排。

　　当时这些年青人在乡间就成为"特殊阶级"。而他们确也有许多特殊的行动。最普通的便是结伴到庙里去同和尚道士辩难，坐在菩萨面前的供桌上，或者用粉笔在菩萨脸上抹几下。碰到迎神赛会，他们更是大忙而特忙；他们往往挤在菩萨轿子边说些不尴不尬的话，乘人家一个眼错，就把菩萨头上的帽子摘了下来，藏在菩萨脚边，或者把菩萨的帽子换了个方向，他们则站在一旁拍掌大笑。

　　当时的青年"洋"学生好像不自觉地在干着"反宗教运动"；他们并没有什么组织，什么计划，他们的行动也很幼稚可笑，然而他们的"朝气"叫人永远不能忘却！他们对于宗教的认识，自然很不够，可是他们的反对"迷信"，却出自一片热忱，一股勇气，所以乡下的迷信老头子也只好摇着头说："这些天不怕地不怕的小伙子，菩萨也要让他们几分了！"

去年我到乡下去养病，偶然也观光了"青天白日"下的"新政"，看见一座大庙的照墙上赫然写着油漆的标语："省政府十戒"。其中第一条就是戒迷信！庙前的戏台上原来有一块"以古为鉴"的横额，现在也贴上了四块方纸，大书着"天下为公"，两边的木刻对联自然也改穿新装，一边是"革命尚未成功"，一边当然是"同志仍须努力"了。这种面目一新的派头，在辛亥革命时代是没有的，于是我微笑，我感到"时代"是毕竟不同了。

然而后来我又发现庙里新添的许多善男信女恭献的匾额中有一方写着"信士某某率子某某"者，原来就是二十五年前"菩萨也要让着几分"的"洋"学生。他现在皈依在神座下了！并且他"率子某某"皈依了！并且我也看不见二十五年前蒲达蒲达地直了腿走路的年青人在乡间和菩萨捣乱了！从前那个"洋学堂"只有几十个学生，现在是几百了，可是他们都没有什么"奇形怪状"。他们大都是中产阶级的子弟，也和二十五年前的一样。不过他们和二十五年前的"前辈先生"显然有点不同，就在他们所唱的歌曲上也可以看出来了；从前是"男儿志气高，年纪不妨小"，而现在却是"毛毛雨"了！于是我又微笑，我不很明白这到底也是不是"时代"不同了么？

从前和菩萨捣乱的青年人读《古文观止》，做《秦始皇汉武帝合论》，知道地是圆的球形，知道"中国"实在并不居天下之中，知道富强之道在于船坚炮利——如此而已。他们的头脑实在远不及现在的年青人，然而他们和当时社会乃至家庭的"思想冲突"却又远过于现在的年青人。近年来中国是"进步"了，簇新的标语，应时应节的宣传纲领，——例如什么纪念日的什么"国货运动周""航空救国周""拒毒运动周"等等，都轮流贴满了乡村里小茶馆的泥墙。正所谓"力图建设"，和二十五年前的空气相差十万八千里。这在认识不足的年青人看来，当然觉得自己和社会之间没有什么了不起的不调和。而况他们的家庭既不禁止他们进学校，也不禁止他们自由结婚。

并且即使有些不顺眼的事情也都以堂皇的名义来公开实行，譬如在"拒毒周"的宣传纲领上就反复申明必须以鸦片公卖来抵制私运，然后"寓禁于征"，可望达到拒毒的真真目的云云。不但是有关"国是"的拒毒，即如小小的迎神赛会亦何尝不在迷信之外另找一个冠冕堂皇的名目——振兴市面。

今年大都市里天天嚷着"农村破产""救济农村"。于是

"振兴农村"的棉麦借款①就应运而生。乡村间也要"振兴市面"的，恰好今夏少雨，于是祈雨的迎神赛会也应运而生。一个乡镇的四条街各自举行了一次数十年来未有的大规模的迎神赛会。一位"会首"说："我们不是迷信，借此振兴市面而已！"这句话自然开通之至。因而假使有些"读洋书"的年青人夹在中间帮忙，也就"合理"得很。

迎神赛会总共闹了一个月光景。而且一次比一次"更见精彩"。听说也花了万把块呢。然而茶馆酒店的"市面"却也振兴了些。有人估计，赛会的一个月中，邻近乡镇来看热闹的人，总共也有万把人；每人花费二元，就有二万元，也就是"市面"上多做了二万元的生意。这在市面清淡的现今，真所谓不无小补。

有一位"躬与其盛"的先生对我说："最热闹的一夜，四条街都挤满了人，约有十万的看客。轮船局临时添了夜班，航船和快班船也添了夜班，甚至有一夜两班的。有几个邻镇向来没有轮船交通，此时也都开了临时特班轮。"

① 棉麦借款：1935年5月，国民党政府为"振兴农村"，向美国借款五千万元（后改为二千万元），规定以其中的百分之八十购买美棉，百分之二十购买美麦。由此一方面美国得以将过剩的棉、麦输入我国，转嫁了经济危机；另一方面则导致我国棉、麦价格大跌，严重地损害了农民利益。国民党政府则以所得利益购置军火，加紧了对当时的鄂、豫、皖、赣苏区的军事进攻。

所以把一切费用都算起来，在赛会的一个月间，市面上至少多做了十万元的生意。这点数目很可使各业暂时有起色，然而对于米价的低落还是没有关系。结果，赛会是赛过了，雨也下过了，农民的收成据说不会比去年坏，不过明年的米价也许比今年还要贱些。但此为另一问题。此问题的解答已经有"振兴农村"的宣传纲领贴在城隍庙以及一切庙的墙头。

新年展望

文章上的惯用语好像也跟时装差不多,一时有一时的风尚:近来最通行的是"展望"。

世界雕刻巨师罗丹的杰作《铜器时代》就是一个赤裸裸的男子雄赳赳地作"展望"的姿势。《铜器时代》是人类进化的第一道关,所以这"展望"是象征着"向光明,向希望"的。

北欧神话中的"运命女神"共是姊妹三个,最小的一个象征着"未来",面部蒙了纱,示"未来"之神秘不可知;然而中间那位二姐象征着"现在"的却是昂首睁眼,"像煞有介事"在那里"展望"。说者谓此即表白了北欧人的性格:虽然"现在"勇敢,而对于"未来"好像总带几分迷惘和悲观。但是反过来说,在冰雪的恐怖下的北欧人,能够勇敢地面对着"现实",即使以为"未来"是不可知之谜,怀着神经性的忧郁,比起那些逃避现实而空想未来的人们,究竟是较可钦佩的了。

人们"展望"的时候,是站在"现在"以望"未来"的。对"现在"迷惘了,却带着渺茫的希望的心情去看"未来",这是"展望"态度之一;或有对"现在"感到极顶的失望,于是怀着寻求的热心去望着"未来"，这是"展望"态度之二了；更有认清楚了"现在"，正在"现在"的满怀着得意，昂头很确信地看着"未来"的，这是"展望"态度之三；也有虽则确信"未来"，然而已经无力再和"现在"奋斗，于是敛翼垂首，想着"未来"聊以自慰，这是"展望"态度之四；……懦怯或勇敢，认识充分或不充分，都在此种种"展望"的态度中表现了出来。

时在严冬，风雪正厉，虽则据说"春"必定来，而且已在门前，可是人们居今以"展望"来兹，每每态度不一，实亦有如上述。通行语的"展望"云者，因而很耐咀嚼。

不管门外那疯狂的风雪，只蜷伏在火炉边作粉红色的幻梦者，是不需要"展望"的。在这时候，也许只有他是例外。

呜呼，1934年将为人类史上大转捩的一年罢？迎此1934新年的人们心脏跃跃，也许将有无限的兴奋，无限的希望或者无限的恐惧罢？就是将有无限不同的"展望"罢？若然，请于上述的"展望"种种相中慎取其一！

读史有感

稍稍读过历史的人们，一定知道在文化的进展中，有时可以突然停止一时代，如身体突然麻痹了一部分。这局部的衰颓，可以使整个的文化衰亡。正如因麻痹某肢体而致死亡一样。埃及的衰亡以前，音乐是久已失丧了。欧洲黑暗时代，幸亏文化的一脉，暗暗在道院中流行，使欧洲民族，虽经过武士杀伐的毒害，而能仍有精神上生存之资，发展下去！

在世界民族史上这种实例，是不可胜数的！见微知著，名医扁鹊一眼便知道人有疾病抑是健康。春秋时有政治家虽在敌国，也彼此论及国情，而叹为"季世"①！而最可怕者，是数量和时代在历史上根本不算一回事！可以整个民族灭亡！可以几世纪灭亡了或因人力而复兴，也可以永远灭亡下去！

大概罪恶如果是一个人犯了，有社会责罚他！而中国的老法子是使大家同犯罪，那么皇帝只好"罚不及众"，都赦免了。然而可恨者，是自然有一定的真理的条规，而对于这个违犯的，无论是若干万人若干年代，要毫不容情的"执法以徇"

---

① "季世"：末世，末代。

了。那执行，便是许多所谓"天灾"而其实是"人灾"，许多好像无因的祸乱而其实是有因的。哪怕你铜墙铁壁！何况配占地球面积者，并非独黄种人！中国人！

殷鉴不远，中国很可能的要步埃及或亚剌伯的后尘！例如曾左①虽替满清打平了长毛，建立了大功，而国家元气便从此没有恢复。从此文化便日见其低落衰颓，民族日见其堕落，腐败！没有"新陈代谢"的作用了，譬如人体没有血液的补充也没有污秽的淘汰！而我们还在自夸历史悠远，数量多！在洋人的鼻息下非常骄傲！矜夸着"固有的"什么哩！

那么"革命"罢，"维新"罢，……也还是穿了"固有的"古衣冠，一套一套在耍旧把戏！可以在20世纪里争生存的新文化在哪里呢？新科学在哪里呢？新艺术在哪里呢？……

---

① 曾左：指曾国藩、左宗棠。二人均曾率湘军镇压太平天国运动。

聪明与矛盾

　　人，是极聪明的动物；但因为极聪明，有时也就成为极矛盾的动物。狮子，老虎，乃至蚂蚁，为了要生活的缘故，常常反而丧失了生命。这在聪明的人类看来，真是矛盾事情一件。然而狮子老虎它们本身的行为和意志却是一贯的，一点矛盾也没有。

　　自有人类以来，最初那几万年（或者几百万年）大概还很富有"兽性"，只看各民族的神话里都有些"硬干到底"的故事，就可以知道，人类之所以能在原始时代生活下来并且进化为"文明人"，未始不是全靠有这"兽性"。但既已文明了后，有些最"彻悟"的聪明人就显示出他之所以"异于禽兽"来了。他们遇到困难的环境会"趋避"；不但会"趋避"，还会造出"你不趋避，也算不了什么"的哲学。更进一步，他们还有"趋避即是消极的奋斗"的哲学。到这一步，论证圆满，于是乎乱世年头"隐士"也是宝贝了。

　　乱世也罢，治世也罢，做"隐士"本来人各有其"自由"。然而偏偏要从隐士生涯上阐明一番大道理以证明并非"逃"，不但未"逃"，且若讽示于众曰："不要忘记了还有我在！世论之推移，或亦与有力焉！"善哉善哉！本来人各有其"自由"以为"我"乃以"隐"战者。然而持论至此，未免矛盾了！要是人类祖先都如此，则"神皇"的宝座至今尚必存在！

　　古代人尚坦白自认了个"苟全乱世，不问理乱"；是在这一点上，古人不及今人"聪明"，但也是在这一点上，古人比今人少点矛盾。

团结精神

二十多年前有些"志士"摇笔写经世忧时的文章，敢怕总有这么一句："呜呼，一盘散沙之国人！"为什么会是"一盘散沙"呢？没有推究下去。近来是推究到了，原来为的没有团结精神。

于是乎大家喊着"团结精神"，打着灯笼到处去找"团结精神"这件宝贝。

其实在小百姓看来，这是无谓，他们所信仰却简单得很：不吃饭就活不下去。

譬如今年夏季，江浙一带闹旱灾，然而黄河沿岸却闹大水；旱灾地带的小百姓，希望多下点雨，水灾地方的小百姓却惟恐其下雨。虽使圣人复生，也不能叫这利害完全相反的人们把他们集合起来。

等而言之，军阀和官僚，店东和小伙计，讨债人和欠债人，嫖客和妓女，坐车的和拉车的……他们是不能团结起来的。

倘使要在这些家常便饭的浅近道理以外，再找个微妙高深的抽象东西出来，又从而家喻户晓之，那即使能收效于一时但等到肚子饿了时，那最原始的信仰还是要泛起来的：不吃饭就活不下去。

然而有些人仍喜欢（而且感得必要）找个抽象的东西来叫饿肚子的人们去信仰，这也是可疑的事。

说“独”

　　中国文字之难学，往往在一个字上就看得出来。例如这“独”字，“独夫”之“独”是骂人，而“独往独来”之“独”却又是称赞了。但在评骘文艺的时候，“独”字的意义往往是好的，例如“独到”。

　　大概是因为古来文人因袭之风太盛罢，所以比较进步的文艺批评家都赞美那“自成一家”的“独创”。然而此种赞美也只限于文艺的形式方面，小自用字炼句，大至所谓“风格”。至于思想方面的“独”，就受到大大的限制了。倘若尚不离乎“中庸之道”，那批评就是“好与人立异”，这已经是褒少贬多的口气；倘若竟然跳出“中庸之道”的圈子，那批评就会说它是“怪僻”，而且意在“惊骇世俗”了；最后一着，是把“离经叛道”的罪状加于思想上太“独到”的人们。

　　“五四”时代提倡“文学革命”了，于是这位“独”先生大出风头。文艺形式上要“独创”，固不必说，思想上也要求大胆的“独到”，喊着“一切重新估定价值”！

　　这样混到现在，气压忽又改变，“思想上的独到”据说已经造成了“人心混乱”，万万要不得。只有形式上的“独到”，还在市面上露脸。可是这一来，又发生点小问题了。就是一个人的作品的形式倘使“独创”到只有他自己懂得，他自己欣赏得，那到底还要得要不得？有人说“要得”。因为谁叫你看不懂呢？但也有人说“要不得”。因为文学作品好比是一条“桥”，把作者的思想过渡给大家看；倘使不成其为“桥”了，何必印出来？

我们平凡人自然是拥护后一说的。而且相信文艺上的独创的精神无论是关于形式的或内容的，决不能“独”到成为“独夫”之“独”。古来所谓“独见”，其实只是肯说真话；而这真话也不是作家面壁十年想出来，而是早就存在于活的社会的动态里的。

然而割掉了客观的真实，却就是目前一般的现象。

"五四"的精神

记得《新青年》当年在四面八方的反对声中曾经说："如果我们有罪，则就罪在我们是拥护'德先生'和'赛先生'。……"（大意）

"德先生"和"赛先生"果真是五四运动的精神么？——是的！反封建，反吃人的礼教，反笼统，反不求甚解，反桐城义法，反四声八病，……都是为的要拥护"德先生"和"赛先生"。

当时又有人责难新青年的只会"反"，——只有破坏，没有建设；但这是因为没有明瞭五四运动本质上是一个思想运动，而且它只完成了思想运动第一期——破坏的任务。并且也不是完全没有建设。破坏之中就有建设。从思想上看，"五四"的建设就是"人的发现"和"个性的解放"。这是"五四"运动所以能震撼全国青年的心灵，激发他们的活力的原因。

"人的发现"造成了青年们投身于社会运动的热情，最高潮是五卅运动。"个性的解放"，好的一面就是五四时期青年思想的新鲜与泼剌，坏的一面则为无政府个人主义的抬头，在彷徨苦闷的青年群中，"沙宁"①型也居然出现了。甚至侵入了投身于社会运动的青年群中，直接间接使运动蒙受了损害，流不必要的血，走冤枉的路。

"个性解放"是不容非难的，但须在"德先生"和"赛先生"的精神下求解放。正像《新青年》当年的自白，"五四"的精神是"拥护"这两者，——拥护是做到了，把它们确立在生活中，却一点也没有做到。

根据了这样的理解，现在再来说"继续'五四'的精神"，并不错误。

---

① 沙宁：俄国作家阿尔志跋绥夫长篇小说《萨宁》（旧译《沙宁》）中的主人公，是个具有强烈反抗色彩的无政府主义者和极端个人主义者。

忆五四青年

"觉悟"二字，最足以形容五四时期青年的精神状态。

这一种精神状态见之于求知识，则为唾弃了传统的"缠足文化"，"长指甲文化"，而渴求新鲜泼剌的东西；见之于立身处世的，则为摆脱桎梏，不畏流俗的非难，元气蓬勃地闯出了"狭的笼"，要创造一番新事业，实现一个新世界。

那时候青年们的发扬蹈厉的气概，也可以借一句成语来形容，就是"初生之犊不畏虎"。

那时候最严厉的批评（或斥责）只是"不觉悟"三字。

那时候"觉悟"的男青年以锦衣珍馐为腐败，女青年以涂脂抹粉为堕落。那时候的青年藐视权贵，睥睨豪富，意若曰："你们算得什么？我有我的觉悟在！"

那时候，只要是闻所未闻的，新鲜泼剌的思想主义，青年们都虚心接纳；"思想庞杂"是不免的，然而确是被视为"精神的食粮"而吸受，并没被用为"洋八股"，"敲门砖"。

这都是五四青年精神的最可宝贵的地方。

现在我们也许要笑那时他们的只凭一股"傻气"来"打江山"，也许要鄙薄那时他们思想的没有系统，然而我们看看现在"不傻"的，太会"适应环境"的，在干些什么？我们看看现在有多少人只把思想主义作为"洋八股"，甚至于"敲门砖"，——托派的徒子徒孙以及其同类在干些什么？现在最严厉的指斥是"反动"二字了，但现在有些"青年"受此二字的时候会不会比从前五四青年被指为"不觉悟"时更多些惶愧？

我们没有理由非笑十多年前幼稚然而朴质的同伴！

在抗战的烽火中，或者当年的"五四"精神能够复活而且能够升华到更高一阶段罢？我祈祷着，但我也看见了端绪了。

读史偶得

　　如果从"士大夫"的"作为"而论,南明和现在也还不少相像的罢?

　　清兵已经压江了,然而南都的"士大夫"却忙着几件事:按檀板,谱新声,镇静之态可掬,这是一;拼命搜刮,排除异己,这是二;有官无衙,摆全副执事以夸耀邻里,博床头黄脸婆一笑,这是三;自然也还有四,暗暗准备欢迎"王师"。

　　然而读当时诸显贵之奏章告示,又何其典则堂皇,以"中兴"大业自任呵!

　　最"妙"的,是马士英①,他是一个"立储"的专家,最初拥戴福王于南京,自力宰辅,于是卖官纳贿、颠倒贤奸;金陵既陷,"圣安"出奔,他又奉太后至杭,思欲再续"国统",既不能,则拥重赍与部下将士数千徘徊闽浙之间,仍思求"太祖子孙而立之"。马士英倒是不肯做汉奸的人,无怪郑

---

　　① 马士英(约1591—1646):明末官僚。李自成攻克北京后,曾拥立福王于南京,任东阁大学士,太保,排斥史可法等抗清派,专权误国。

芝龙①要替他在"隆武"面前说情，谓其"不即叛降，而亟亟求太祖子孙而立之，一念可嘉。"然而像马士英这样以"救国"为发财的工具，将"国运"来开玩笑，实在比"叛降"还可恶！

郑芝龙到底是海贼起家的粗人，既因翊戴之功而添增了私财，后来就干脆投降。但马士英是"士大夫"，他知道"亟亟求太祖子孙而立之"，亦是"出路"一条。

每当变乱之世，马士英之流往往而在；马士英不过是最"典型"的一人罢了。

但是由此也可以知道："士大夫"而变节，固然是为求个人的出路，但"不即叛降"而以"存亡继绝"为事者，亦未必不是为求个人的出路，辨之法很简单，只要看看他的钱袋饱不饱。

---

① 郑芝龙（？—1661）：郑成功之父。明末拥唐王于福州，建立南明隆武政权，1646年清兵入闽后不战而降，后为清廷所杀。

从"戏"说起

"人生是一部戏剧"，——西方人有这样意思的一句话。但是他们又说"没有斗争，就没有戏剧"，这一注脚就显示了他们对于生活的认真，积极和严肃。

中国人对于"戏"的观念是刚刚相反的。"逢场作戏"，这一句话已经多么恶赖了，但尤其"沉痛"的，是"官场如戏场"！委蛇浮沉，翻云覆雨，将假作真，以真作假，诸凡官场的丑脸谱，全由这一句话来道尽了。然而自来"牧民"诸公却鲜有不把这句话当作做官的诀窍。

在现代的民主思想看来，"牧民"二字早该打进十八层地狱里去了，可是恕我说一句不入耳的话，即使是"牧民"罢，只要真正在"牧"，真正把子民们看作他的"羊"，那倒是个尽职的牧人，已经是好官了。痛心的是，他在做戏，无往而不开玩笑。一个负责的演员，当他粉墨登场的时候，已经忘记了自己在做戏，他是真实的"生活"在他所扮演的那个剧中人的生活里了！正因他能如此认真严肃，所以他不是开我们玩笑的流氓，而是给我们灵魂以震撼的艺术家。

这样的演剧的艺术家在旧派和新派中，都有了不少；在这一点上至少，我们相信中华民族不是没有救药的民族。但也从此窥见中华的官族却实在病入膏肓。

历史上每当转换朝代，总有不少奸臣，也有若干忠臣。奸臣呢，自然是在做戏了，他视换一个主子犹如换一副袍褂；但忠臣之流，我也有点觉得他们也还是在做戏，不过"命运"的导演派定他们饰"忠臣"罢了。这也许是持论太苛罢，但是看到他们虽复"受命于危难之际"，辅弼幼主，但群奸盈朝，猴而冠者遍野，曾未能大加斧钺，肃清纪纲，便不由人不怀疑他只是在唱忠臣的戏了。

等到他戏唱完，国也亡了！

我们读南宋南明的记录，便不禁诧异道：为什么老调子三百年而必一见呢？一方面是不在台上的，屡举义旗于草莽，那是认真，是严肃；另一方面，在台上的却十足是做戏。民族魂是确实未死，然而跟病人开玩笑的医生也是应运而生，何代无之。明之于今，也是三百年了，老调子不应该再唱了；因为这一次的对手大凶险，这一次大割症，不能再开玩笑！

打倒传统的痼疾，——官场如戏场！

听　说

　　听说最近一个月内，成都的戏剧界十分热闹，排演的剧本有十个之多，除了别处也演过的抗战剧而外，也有新编的历史剧（大概是《隋炀帝》罢，待考）。五千年历史的中华民族，汉官威仪，晋代衣冠，多少兴亡隆替，古事之可供今人"借鉴"者，当然不少；虽说我们民族今天正用热血来创造空前的中华新历史，今天的抗战剧本如果是忠实的现实主义的作品，那它就已经是"历史剧"，但是取用历史题材的作品，在今天还是有意义的，——因为有时候确也需要回看一下过去的历史，记取着历史的无情的规律，以及历史的宝贵的教训。

　　历史上虽有类似，然而决没有翻版，历史是决不会重复的。不明白这个道理的人每每狃于故常，妄想翻版，结果只有自取灭亡。如果说历史的作品对于我们有一些人有益处，大概就在这一点上。

　　我不知道《隋炀帝》历史剧是抓住了这位神经变态的皇帝的哪一点来写作，但是想到隋朝的短短的历史，我总觉得它是一本讽刺剧。隋文帝受禅之前本为随公，他嫌随字有"走"，生怕万世之业一下"走"掉，故去"走"而称国号曰"隋"，却不料他的万世之业毕竟被他的好游玩的儿子轻轻"走"掉了。咬文嚼字，粉饰太平，自己制造了定心丸吞下便以为高枕无忧，这是历史上悲剧主角不变的老套，杨广不能不说他颇有才智，但行乐江都，尚梦然于人心之向背，到了揽镜自叹"好头颅"的时候，虽觉倜傥脱俗，也未免太可笑了。嘉谥曰"炀"难道还不够给后世之眼前雪亮，四周漆黑的大人们作当头棒喝么？

凡被"炀"的人，结果不免是死硬派。而对于现实主义，一定也仇视；历史上的败家子先后同型，不过因时因地而异其作风罢了。但纸包不住火，真理还是要大白于天下。现实主义创作方法之所以不可胜，自有其必然，非可以口舌争。亦非可以威势劫夺了。

2月12日。

科学与民主

大家都知道"五四"当时的两面大旗是"赛先生"和"德先生"——科学和民主。这是中国人希望能过人的生活的最根本的要求，也是最起码的要求；也是中国能立国于世界所不可缺的最根本的与最起码的要求。

过了二十多年，这最根本的最起码的要求，也还没有达到。科学与民主之切要，在此抗战时期，最能明白看出；而且科学与民主之欠缺，也在此一时期最能明白看出。"五四"□□□①在今天还是适用，而且要求我们用更大的努力争取它的实现。

科学与民主是不能分开的。没有民主，则科学非但不能造福于最大多数的人群，而且会成为最少数特权者自利的工具，这一点，世界的现代历史上已经充满了例证。中国虽然谈不到科学发达，可是用所谓"科学方法"来聚敛搭克，发国难财，假公济私，压迫异己，腐蚀人心，颠倒是非，——种种恶毒的做法，举不胜举；这是头脑中连"科学"二字都没有的旧军阀

---

① 原发表件如此。

旧官僚们所望尘莫及的!

十多年来有些人们也说"要科学",但他们只要科学,不要民主,结果是直到如今,中国还是科学落后的国家,——但用"科学方法"以作恶自利的本领却也许比任何国家的特权者为大,而且多式多样。

这样的可耻的经验,应该由此结束了。我们现在要告诉每一个有良心的中国人,我们要继续发扬"五四"的精神,我们要科学,同时要民主,科学与民主不能分家!

中庸之道

　　人们都以为孔子讲中庸之道，然而似亦不尽然。"投畀四夷"那样的主张，又何尝中庸？大抵孔老先生是在不尴不尬的当儿，才来讲中庸。这正和孔门之"礼"一样，"礼"与"刑"对称，似乎有其一定的范畴，不过"礼"又何尝不因时因地因人而异其趣。

　　孔门的一些"哲学"，虽然大部分已经僵化而为"高头讲章"，独有此"中庸之道"的活用之诀，却尚有真传，而且久而弥光。最显明的一例，即人们每遇有不洽于己的言论而又无以难之的时候，便往往摆出中庸的面孔来，说这是"偏狭"，那是"意气"。好像他本人真是执中持平，而且半口气也没有的。但以"偏狭""意气"的字面而言，亦只能用于论事说理之际，未闻有记述事实而可以"偏狭"或"意气"者。有人发国难财是事实，老百姓食不得饱也是事实，如果纪实即为偏狭与意气，那么，大概说谎才是堪以嘉许的罢？如果说谎可使民安政举，造谣可以救国，那我倒也愿意来学一学，但不知中庸之徒能公开曰"然"否？

　　国事到此，的确不应再有偏狭和意气，不过使人不服者，偏狭的作风和意气的做法偏偏出于要人家不偏不狭不意不气之人之手口！

释"谣"

　　中国人素尊孔学，然而中国人有许多做法，非从"老学"①的观点，便不易解。例如"宣传"本为舶来名词，士大夫之流，素不喜之，然而颂圣谀墓之作，久被推为文学正宗；"造谣"本属"民族形式"，故一部二十四史大半是后人造前人的谣，胜利者造失败者的谣，但事实尽管如此，到底没有人肯自认造谣。所以中国的事，特别是堂哉皇焉，大吹大擂，权要发纵自上，群小呼应于下的事情，须从反面去看，然后能得真相。这便合于"老"所谓从其"无"看，即成为"有"。

　　不过自从"西学"东渐，人心不同，做法亦有变更了。有一个时候，"宣传"二字已经不讳，这不能不说是一种"进步"。所可惜者，中国人到底是中国人，自有其祖传的一套，因而"宣传"时或近于"造谣"，弄得不中不西，殊失国格。倘依"本位文化"之义，演而绎之，则"造谣重于宣传"，庶几抓着痒处，直捷而又痛快。而且在此国际上盛行所谓"谣言攻势"的今日，似亦颇为时髦。看近来种种现象，大概非如此发展不止了。只是有一可虑：倘使谣言成为照例，以至失却作

―――――――――――――

　　①　"老学"：指老子（老聃）的道家学说。

用，又将何以济其穷？君子曰：那时大概又要讲"事实"了。江南俗语中有四个字正是中国式的"讲事实"的极妙注脚。曰"打过明白"[①]！呜呼！

---

① "打过明白"：江浙俗语。"决一雌雄"之意。

谈所谓"暴露"

"隐恶而扬善",也是我们中国人向所赞美的"中庸之道"。这本来是一件好事。但我们又有一古训,曰"讳疾忌医",却正是对于"隐恶而扬善"的补救,特别是对于那些企图躲在"隐恶而扬善"的门面下以便"怙恶"的人们,这是一记当头棒喝。

数千年来,中国是专制国家,所有指导人们行为的教条,都由封建主的立场出发,但是庶人之间到底也有往来,便也不能不有行为的准则,于是又有另一种待人接物的行为原则,所谓"隐恶而扬善",所谓"讳疾忌医",即属此类。至于对君父,则煌煌然的禁例,便是"不敢言君父之恶"!然而因为一向是"家天下"惯了的,实际上君父虽什么责任也没负,名义上(或者可说是在传统上),君父却是全能的负责者,是故社会之恶,百官之罪,也成为君父范围内事,"不敢言君父之恶",亦就扩大而为不许言社会之恶百官之罪了!这种逻辑,对于主子下面的大小臣工,当然是一种便利。

如果我们还认为现在不是"家天下"的时代,上述的传统观念当然要唾弃。

现在是非常时期，说者每谓多言适以资敌，暴露适以自馁。这一说，不能不说没有理由，但这一说却也正为政蠹官邪所利用而以钳制人口。请问现在有谁在那里暴露国防计划，军事秘密？至于政治上的腐化贪污，民主之痛苦，道路指目，早已是公开的秘密，间谍所得，或且千百倍于我辈老百姓之所知，除了不便于若干私人之外，真想不出于敌何所资，于己又何从馁？

或又曰，只要密告主管机关就好了，何必公开发表。这未始不像一句话，但四年以来，效法家天下时谏官们之封章密奏者，何尝没有？只是效果在哪里？

封章密奏与诉诸舆论二者作风之不同，正是家天下与非家天下之所以有别。现在我们是民国，但□□□□□□□□□□□□□□□□！□□□□□□□□□□□□□□□！ [1]

---

① 原发表件如此。

再谈"暴露"

所谓"暴露",考其内容,不外乎:一,揭示某种现象的隐微,或某事件之内幕,使人恍然于其真相;二,凡所指陈,皆人人心目所有,而又人人口中所无,实人人所欲言,而又人人所不敢言。是故"暴露"对于少数人为不利,而在永远公正之社会大众则视为痛快。

"暴露"之兴,由于社会上政治上缺点太多。是故"诗人"在幽厉之世,亦不能不"刺"多于"美",而且"采诗之官"亦不得不将这些民间的"暴露文学"郑重收辑,进于庙堂。

如果周制的确如此,则三千年前的"臣工"固未尝以"何不封章密奏"责难民间诗人。近年来,若干大人先生颇醉心于"复古",可惜他们似未知尚有如此这般的"古",否则,大概他们会感到"复古"有"危险"罢?而且他们似乎也该知道,幽厉之世,虽无报纸,然对于街谈巷议,厉王特工人员,似亦无可奈何;今世虽有报纸,然不便于个人之事形之于笔墨者,仅得街谈巷议之什一而已,亦既无如之何,而犹掩耳盗铃,真乃何苦?

上古太远了，且言中世。所谓"封章密奏"自为中世的特色。然元白①身为大臣，而乃于"封章密奏"而外，复作"新乐府"。《长庆集》自释其写作之旨，一则曰"为事而作"，再则曰"讽兴当时之事"，而且"其辞质而径，欲见之者易谕"，换言之，即"词求通俗"——这简直是故意使老百姓都能读能晓；假使当时亦已有报纸，大概元白的"新乐府"也会在报纸上发表。《连昌宫词》之"百官队仗避岐薛，杨氏诸姨车斗风"等句，虽复沉痛，仍寓敦厚，犹是"诗教"，但"新乐府"则已同于今所谓"暴露文学"。中世虽为君权盛极之时，大臣如元白，不但未以各种"帽子"乱加诸异己者之头，而且还提倡暴露文学，不知醉心"复古"诸公，对此又作何种感想？将毋得谓"复"至中世，亦颇危险了罢？

窃谓"古"之一无危险，因亦可得而"复"者，无过于清朝末年。那时被暴露者是如何荒淫无耻，而暴露之者又如何蒙历艰险，时仅三十多年耳，言犹未即健忘。但说起这段历史，又不能不叫人感到历史和有些人们开的玩笑，实在太无情了！

---

① 元白：唐代诗人元稹、白居易的合称。二人曾同倡"新乐府"运动。下文的《长庆集》《连昌宫词》分别为他们二人所作。

"士"与"儒"之混协

古所谓士，不同于今之所谓知识分子。古之士，通常倒是指那些荷戈带甲的人们，《诗》所称"公侯干城"与"公侯腹心"的"赳赳武夫"，便是他们。

古所谓儒，亦不尽同于今之所谓知识分子，"儒"者"蠕"也，言其能委宛曲折，应付人事。"儒"之起，大约在春秋之世；但即在彼时，已有贤不肖之分，故有"君子儒"与"小人儒"之名。孔子曾告戒其门徒"毋为小人儒"，可知"小人儒"在那时大概已经流行。怎样才算是"君子儒"，怎样才算是"小人儒"，孔老夫子未有明文指定，但观于战国时孔门各派，互相丑诋，而訾对方为"小人儒"则似无有，可知孔门所谓"君子""小人"之分不在"思想原则"。那么，在什么地方呢？从孔子之素以"超然"自命，进退在我这一点看来，他所指斥的"小人儒"大概是卖身投靠，专一认定了一个主子那样的"儒"。

在"儒"与"士"尚分之时，倘以后世通行语来看，则所谓"士"者即为权门的豪奴，而所谓"儒"者，亦不过是权门的清客而已。

然而世事终究有"进步"。首先是名义上"士"与"儒"不复区分。不过实际职务既未统合，故虽异曲而同工，仍不免于自相抵牾；今尚有"文献"可证者，即清客们亦常嘲笑豪奴。

但"进步"之趋势不止，清客与豪奴终必表里如一而成为一个东西。这样的现象，我们也看到了。例如由编剧起家，以至俨然主持"文运"，这是清客的际遇；但观剧未终，怒声喝打，痰桶乱飞，演员负伤，这又是十足的豪奴派头了。几千年来，"儒""士"的历史演变，至此总算完成！

故在今日，凡清客都有豪奴相。正惟其二位而一体，故"文化重于磨擦"之新原则，乃有"矛盾的统一"之巧妙。亦正惟其质本豪奴面貌为清客，是故宣传终觉迂阔，不如直捷造谣；亦正惟其实系豪奴却不得不装成清客，是故三言两语，漏洞百出，断章论事，又往往"记错"。又正惟其乃由清客蜕变而为豪奴，是故"□□□□□"①的烟幕技巧，特别娴熟。呜呼，钳制之下，群声渐息，豪奴与清客之"文运"，于是大昌；然而豪奴与清客之"文化"岂但谈不到"服务于抗建"，抑且不足以愚民罢？

---

① 原发表件如此。

《孔夫子》

　　费穆先生[1]打算把"几千年来的积尘扫除，还他一个本来面目"，并欲"发扬孔子学说的优点"，于是乎有《孔夫子》影片之制作；这自然是值得赞美的企图。然而决不是容易的工作。

　　孔子的本来面目究属如何？如果从二千年来儒家的著作中去研究，就很难得到一个结论。汉朝儒生与方士合流的结果，把孔子变成了"神"，此种"积尘"倒还容易"扫除"，但汉以后的孔学中，荀学与董学[2]亦起重大作用，固不仅今古文派[3]聚讼纷纭，闹得人头痛。在战国末年，儒家各派即已互争为真传嫡派，恣意丑诋，何况"秦火"以后，博士们抱残守缺，仅能默诵孔门几部"教科书"？孔子固然是"圣之时者"，其实后世各朝代的所谓巨儒也都是"圣之时者"，他们各按当时帝王之需要，或多或少，增修删改了孔学。

---

　　① 费穆（1906—1951）：电影导演。曾执导《城市之夜》等。

　　② 荀学与董学：指儒学中荀子和董仲舒的学说。

　　③ 今古文派：指研究儒家经典中的今文学派和古文学派。下文的"述而不作"是古文学派的主张，"托古改制"是今文学派的观点。

记述孔子言行最可靠的材料是《论语》。但欲从《论语》去研求孔子思想的体系，还是大大的不够。于是求之于《六经》，则对于孔子是"述而不作"呢或是"托古改制"这一点基本的认识，今古文派的官司就打了二千多年。所以如果想从"发扬孔子学说的优点"上达到"还他一个本来面目"的目的，在今天几乎是不可能；因为今天只能大略评定儒家的面目，还不能确定孔学的真面目。

但孔子在巨大的变革时代所欲拥护者是什么，所死力反对者是什么，却可以知道：他拥护传统的思想制度（周制），反对革新。这一点是孔门"心传"，后代儒家所造次颠沛始终不离的，秦统一以后，"秦制"成为当时传统的思想制度，汉兴实因袭秦制，儒家亦就以各种新的理论来拥护秦制（但自然名义上是汉法），我们如果因见有所谓"坑儒"一幕，遂以为儒与秦始终对立，实为不察。其实是只要使他们能行其"道"，儒家在汉代早已为"秦制"的"圣之时者也"了。

所以，如果要"还他一个本来面目"，我想，上述的一点，应该是"本来面目"中最主要的，而且亦说明了何以二千年来孔子被尊为"大成至圣先师"而亿兆小民奉令崇拜。

谈提倡学术之类

不久以前，看见一篇某地的通讯，历举各物涨价，独文章并未涨价。近来又见报载，有什么十万元的学术奖金，将以嘉惠寒士，共成"右文"①之盛云云。

要是后来的历史家将这两段材料剪来放在一处，想来总不免要"懿欤休哉"一番，至于到底怎样，自然因为文献不足，相应从略。因此，我有时就不大肯相信历史。

抗战以来，论字数卖文的知识分子，有时被人恭维，说他们是文化战线上的战士，有时又被清客豪奴们恶骂，诬之为"第五纵队"；被恭维的时候是猜想他们或可被收蓄而豢养，被恶骂则因他们的穷骨头还是太硬。但还是双管齐下，一方面是"米贵文章贱"，又一方面则皇皇"右文"之典，学术奖金十万元云。

其实照此米珠薪桂不复是夸张的形容词的时候，谁要是遵照了奖金条例去著作，结果恐怕也还是要饿得半死。

卖文的知识分子，生活向来简单，不像某要人仓皇离沪时

① 右文：重视、崇尚学术文化的意思。

对人"诉苦"说："我只有三百万，只够吃粥。"卖文者今日之所苦，除了百物涨价而文章不涨价以外，更还有一层，即文章难写。文章题材，无非是"现实"生活。但要写"现实"，则大后方就不准，甚至在海外也会飞来一顶帽子，几被开除国籍。"现实"既犯忌讳，那只好谈历史。然而奸臣贼子，何代无之，所以一谈历史又有毛病，据批令是托之古事，以讥当世，相应不准。我就看见有几篇实非讽世的历史题材的东西，被封进了黑箱。结果，剩下来还有一个题材，就是"梦"。这倒既非现实，亦非历史，不会出乱子，但据说张恨水先生亦"早已不干卖文生活"，那么，"梦"也许又犯了忌了。[1]在有些人看来，做梦是不甚安份的勾当也！

原料断绝，卖文者只剩饿死一条路了。但自然还有些原料是准许应用的，即"英勇呀英勇"，"第一，第一，三个第一"……如是云云。可惜这样的东西，观众非拉不可。出版家鉴于出路困难，不敢要，更不用说涨价了。

因此归根一句话：与其什么奖金，还不如开放文网罢！但如果奖金另有其作用，则此一提议，理合声明取消。

---

① 这里隐指张恨水所作小说《八十一梦》。

人权运动就是加强抗战的力量

人权的要求，是人人共有的，不仅文化人或知识分子有之。

老百姓不懂得有所谓"人权"二字，但不能说他们就没有这要求。

古代罗马帝国席数世之余威，然而不能抵抗北方蛮族的侵凌，因为罗马帝国的奴隶不愿为与他们无关的"帝国"拼命，罗马帝国的统治者给他的奴隶的，只是镣锁，没有"人权"。

在中国，秦氏族统一了天下以后，六国的人民无形中降为奴隶，汉高祖与民约法三章，虽然没有从正面保障人权，但既尽去秦苛法，可知是解除了妨碍人权的一些法规，而这就成为汉得天下的政治资本。

这些历史上的陈迹，在今日依然值得我们深思。

今天中国是在抗战，抵抗民族的最残暴的敌人。民族意识的发皇，是抗战能持久而且取得最后胜利的必要条件。这真是不错。然而也不要以为只须民族意识便可百事齐备，敌人在沦陷区的欺骗麻醉的工作，有非空洞的民族意识的宣传所可抵制，老百姓虽没有学问，却懂得人与奴之分，敌人要使他们为奴，我们便当使他们为人，给以人权，使为自己的主人公，明白了是给自己打仗，那就是持久抗战的必要之道。所以在今天提出"人权运动"就是加强抗战的力量。

人权也是人人共有的要求，不是文化人或知识分子所独有。

但不是人人都能透彻明白人权在今天的必要，人权与抗战的关系，所以解释人权运动何以就是加强抗战的力量，扩大普遍人权运动，则不能不是文化人知识分子的责任。

6月5日。

由 "侦谎机" 而建一议

据说美国人发明一种机器，可以侦察造谣说谎，"因为当一个人说谎的时候，身体中有一种紧张的感觉，侦谎机能利用电流，把它检察出来，在纸上形成一种波动的记录。由专家调查，可以从这记录中立刻发觉被检的人是否说谎"（上海出版《大陆》杂志二卷二期）。

现在此种侦谎机，用以对付营私舞弊，监守自盗等罪犯，据说侦察统计有百分之九十是正确的，而且从没冤枉过一个好人。

我也相信此种机器可靠，"不会冤枉一个好人"；因为该机器一不要讨小老婆，二不要造洋房，三毋须孝敬上司，四，恐怕人家也不要它入党，而它也没有结党的需要，——那自然不会"冤枉一个好人"了。但尚有美中不足，即该机器大公无私的记录，仍须由"专家调查"，以作定谳，如果碰到该"专家"有宫室犬马子女玉帛之好，那就难以保证其必无冤枉了。

其次，又觉得该机器大概只能对付一些可怜的"窃钩者"。至于神通广大的囤积者，发国难财者，贪污掊克者，则该机器一定无能为力，何以故？因为它只能侦察说谎，而囤积、贪污、发国难财之辈，则固公然不避耳目而为之矣，既未尝"谎"，自无从"侦"。

又次，此种机器对于以造谣为职业，以说谎为办公的人们，恐亦无可奈何。为什么？因为该机器是要藉电流察人身中的紧张的感觉，而后有记录，但职业的造谣家以及说谎的办公家，则当其造谣说谎之时，身中未必有紧张的感觉；这只要看他们的谣言谎话被事实粉碎了以后还在再造三造而不已，便可猜想到他们怕羞耻之感都没有，遑论什么紧张不紧张？

由此我倒想到另外一件事。人家发明了侦谎机，我们的刚纪念过大禹工程节的工程师们，似乎应该发明一造谣说谎机，那倒既不要给薪水，又不会常常"记错"，而且，尤其不会闹出动辄"落水"的丢人的笑话，那不是既经济而又稳当么？——刚写到这里，来一友人见了，就大呼不妥。他说，那要打破若干饭碗的，大非民生主义，而且，我这建议一出，就该再挨骂一万句叫"师爷"。不过，为抗战时经济着想，我还是提出这一建议，挨骂与否，相应置之不理了。

谈所谓"可塑性"

在某些人心目中"最可歆羡"的远古，干脆不把治于人的奴隶们当作也有思想能力的，因此办法倒很简单，干脆剥夺了奴隶们求智的权利，不许他们用脑筋。

然而后来不行了。奴隶们毕竟是人，思想能力并不下于主子，僧正祭师的一伙尽管垄断着知识的传授，但奴隶们从痛苦的生活经验中也积累了知识，而且发展出不利于主子的思想了。这事实被不得不承认，而且得了教训以后，主子们的方法就不能再像从前那样简单了；于是手段变换，从消极到积极，千方百计，总想把奴隶们的思想纳于"正轨"，——使得他们不作有利于自己的思想，而以主子们所需要的"思想"为依归。古今中外的治人者群，为此"发明"了各种各样恩威并施，带哄带诈的手段，而为之伥者，且"发明"了各种各样，天花乱坠的，关于所谓"人之品性"的理论。其中最出色的，便是把人性当作一张白纸，染上了什么颜色就变成什么。

不过事实上可悲者，中外古今这些专制魔王，终于不能保持万世之业，成了"而今安在哉"了。而有心"卫道"，无力回天的老爷们亦只得一唱三叹，恨恨于"人心之不古"。

到了这世界变革前夜的今天，"邪说横流"，自然更不好办。"白纸论"也不能坚强其悍然惟我的自信了，于是乃有所谓"可塑论"。此一"理论"，就其把活人当作泥块，不妨随心塑捏这一点看来，大可媲美于"远古"之作风，然而还有它的现代化的一面，即凡已成形者，仍可打碎而照我的意思再塑再捏之，这是希特勒的心传，而据说亦就是小胡子之所以横行于天下的秘诀。什么"集中营"与"劳动营"就是这一"理论"的实施。

倘从"理论上讲，则"可塑论"似不失为日暮途穷之强心针，因为既然"可塑"，只要一手皮鞭，一手钱袋，固何求而不得？然而"理论"虽新，方法仍为老调，而讨厌的历史已经一再证明，皮鞭与金钱的双重手段，仍旧挽回不转历史前进的轮子。希特勒之流，不过在重重叠叠的历史悲剧上再演一次"裸体跳舞"罢了。□□□□□□□□□□□□□□□□□□□□□□□□□□？①

————————————

① 原发表件如此。

"古"与"今"

大人先生们每每慨叹于"人心之不古",好像米荒,物价涨,隧道惨案[①],都只要由"不古"的人心去负责,他们自己便可毫无责任。人心之不再能"古",大概也是事实,只要看人们居然要求民主,居然敢非议朝政,便可知道。

但"人心"虽不甚"古",独有"官心"却既"古"且"今"。

例如贪污,例如营私,例如"只许州官放火,不许百姓点灯",例如"朝中无人莫做官",例如"官官相护",这都是"古已有之"的,倘照党老爷的公然党论,则即使于今为烈,亦非"本党"所能负责。这便是"官心"的"古"的一方面。但是,远古虽不可知,前清距今仅三十年耳,逊朝遗事,尚有人知;则据谓一二品大员告老之时,宦囊亦不过十数万金,一视今三几年之内,立致数百万元,尚自叹"只够喝粥"者,真是小巫见大巫。何以能致此,则曰:今之"官心",不但能

---

① 隧道惨案:1941年6月5日敌机轰炸重庆时,因防空隧道洞口堵塞,窒息致死者达万余人。

"古"，且亦知"今"。举其众所周知者，统制有法，专卖有法，国营有法，此皆"今"也，但法令非不堂皇，而化公为私，藉公营私，亦何尝不堂而皇之，不避耳目？说是贪污么，"事出无因"；说他不发国难财么，"查有实据"。手段之巧妙，行动之公开，的确前无古人。于是而宦囊之庞大，当然亦前无古人。科学方法在学术界中尚在皇皇求索，而在此茫茫宦海，则早已行有成效，上下咸能！谁要说中国的官僚没有进步，那他真是不生眼睛！

但所谓"能今"，尚不止此。自从十六年"军事北伐，政治南进"，党官合一，而又加以自拉自唱之"民运"，于是"三位一体"，居然"今"之雏形。后人倘读当年之官文书，敢不曰复见"唐虞之盛"？现在是民族生死存亡关头了，又当国际风云反法西斯之时，据说要向民主之途迈进了，但受骗太久的老百姓却还要看一看事实的表现，呶呶不休，这真是太刁，相应概照"第五纵队"论罪，毫无疑问。

不过，这也还是既"古"而能"今"之变化的运用；君不见"民主"而外，还有劳动营，集中营？

"善忘"与"不忘"

中国有句俗谚:"贵人多忘事。"这是老百姓积千百年痛苦经验而后得出的教训。这五个字虽然平淡,可是揭出了贵人之所以"能"贵,所以"为"贵的真相,简短明快,深刻隽永。

譬如有些贵人们,暮夜受金,不厌其多,但在堂而皇之的演说中,则谆谆告诫下属必须"廉耻自守",格言成串,亦不厌其多;这当然不是贵人的"言"不顾"行",而因为他"善忘"。或又如,口头上坚持抗战到底,梦魂中不忘"荣誉的和平",这当然也不是"包藏祸心",而是"善忘"。

但是帮闲们也有一个"格言",曰"民众善忘"。

例如:抗战以前,老百姓是不许将中国的政教得失,和外国相比的,理由是中国有特殊的国情;而这所谓"特殊国情",在说到苏联的时候,尤其被强调。可是最近,这种论调却又变了,比方为了要证明中国老百姓之不应该要求"人权"和"民主",而且要罗织凡要求"人权"和"民主"者皆是"想破坏我们的政治中心",于是就"假如"苏联的托洛斯基派、克伦斯基党,以及海外白俄,都乘德军入境的危机,以

"人权运动"或"民主斗争"来摇撼斯大林政权，"便在中国国内也有人为之扼腕了"。这里，"特殊国情"之居然并不存在，尚不足怪；可骇的，倒是据说在"向民主迈进"的中国而有了老百姓的"人权运动"与"民主要求"便成了"想破坏我们的政治中心"的弥天大罪！而尤其可鄙的，是诬蔑了"向民主迈进"的中国还不够，且以含血喷人的伎俩，把"托洛斯基派，克伦斯基党，海外白俄"一串的恶名，栽诬在"人权"与"民主"的要求者的身上。

这样的议论居然公之于世，想来也无非该论客"认为"民众善忘，故思"利用民众的善忘"。

可惜民众并不善忘。大家还记得：托洛斯基，克伦斯基辈"事业"之不成，在中国也有人曾"为之扼腕"的。不是民众善忘，倒是他们自己善忘。

做中国的民众，真也不易；"人权运动"是犯罪的，"民主要求"也犯罪，可是国家事坏了，官不负责；一国之内，非官即民，既然官不负责，该负责的，当然是民众了。这是"特殊国情"。现在又平白地得了个"善忘"这罪名。但如果民众要表示并不善忘的时候，帮闲篾片们又大叫"不要炒冷饭"了。到底民众是"善忘"好呢，还是"不善忘"好呵！

回忆之类

　　编辑先生希望我写点回忆，并且很幽默地说："不敢以赋得双十命题。"言外之意我怕不了解么？然而，此时此地，大概还是只能"赋得双十"而已。

　　回忆之类，因人而异，亦因时而异，当然更因地而异。现在还不是写信而有征的历史的时候。那么，即使是回忆罢，恐怕仍旧不免带一点"赋得"的气味，而况在三十多年前的那时，中学校里的我们的一位老师正从《周官考工记》而专门化到《阮元车制考》，把我们追得屎滚尿流，兀自喘不过气，所以对于国家大事，老实说，就同隔着一层雾似的。不过，当那一声焦雷打到了我们面前时，童稚之心也曾欢喜而鼓舞，也曾睁大了惊异的眼睛，痴望着那"龙战玄黄"的天地，好像这一切本在意中，要来的总归要来，而现在是终于来了而已。

　　对于三十多年前民族史上这一件大事，我之未尝流一点汗，——更不用说血了，由此是可想而知的；虽然我也模模糊糊给自己幻想了乃至预许了一个广阔自由的未来，但正如今天有些"可敬的人物"坐在沙发上看着报纸登出了盟军昨天进攻帛琉，后天将攻菲律宾而色然以喜，我那时决不想到自己应该何以自处，我只是笃定心思等候着去拾取我的"战果"。

结果，等候到了。等候到了什么呢？除了可以不必再拖辫子以及可以不必再在做国文的时候留心着"仪"字应缺末笔①，此外实在什么也没有，于是乎我之不免于怅望，又是当然的事。但也马马虎虎。如果说这一段小小的童年的幻灭对于我也还发生了教训的意味，那是在十多年以后了，那时《考工记》和《车制考》早已忘得一字不"遗"！

如果这也可算回忆的话，这便是我的"赋得双十"的回忆。仅此而已。不曾流过血流过汗的人有什么值得回忆？而且三十多年以后的今天，也还不是那么一回事，大家早已不言而喻。

假若尚有可说的，我想，倒还是三十多年来的寡陋见闻中的若干"典型"的人事。庙是不曾动过，菩萨却换过多次。而只认庙不问什么菩萨的"可敬的人物"也纷纷逐逐，服装一套一套变换，忙得太可爱，得意忘形得太可怜。这且一笔略过。单说坐在庙里的罢，青面獠牙，杀气腾腾的，我们见过；不过下台以后照例总是低眉合十，宛然是个佛徒。当然这是既颇原始，因之亦不科学。于是而有戴浩然之巾，笑脸向人，鬼脸掩住，仁义道德不离口的人儿。但比之背后伸手接"门包"②而

① "仪"字应缺末笔：始于唐代的一种避讳方式，即在书写、镌刻君主或尊长的名字时省略末一笔。如溥仪即作溥仪。

② 门包：旧时陋规的一种。多指致送仆役的财礼。

当面一手假意推拒，满嘴说"本人最恨此种陋规"，活是民间文艺所创铸的那个"小丑"的典型的，似乎也还"本色"些儿。可是民众的智慧虽然创造了那典型，却还不曾叫这典型于既受"门包"之后又发议论，将"陋规"之公行归罪于老百姓之没有程度。50年代的"新"物事，民间艺术是未尝梦见的！

从这些地方看来，三十多年来不能不说是有些"进步"的罢？记得前些时开参政之会，有人引明末之"职方多如狗，都督满街走"①，弥致其慨叹；但我则另有感想，我觉得古人实在比我们小气。譬如魏忠贤，亦不过招摇纳贿而已，以我们今日眼光看来，这是何等平常的一件事，然而魏忠贤的门客们给他们这位老板造点生祠，提议请他将来在孔庙吃冷猪头肉，却就激怒了清议；当时确是"指名"直斥的。并且，三宝太监虽然早已下过西洋，而魏忠贤终于并无番邦可去。

不过，话又得说回来，倘以我之童年之同辈，和今日之尚在童年者相比，那进步又是显然的。今日之童年者，眼界是扩大得多了，头脑亦未必那样浑噩，——待要认定这是无量数的辛酸的血泪换来的罢，真叫人一则以喜，一则以悲。但愿他们将来所得的，不再是仅仅割掉辫子一条之类。而我相信是不会的。因为时代是不同了，世界是不同了，时代在前进，世界在

————————

① "职方多如狗，都督满街走"：明末讽刺南明王朝卖官鬻爵成风的民谣。

前进，而最主要的，从民族的苦难的血泪中培养出来的他们是不会光坐在那里等待的。

我盼望不久的将来，在这一天，我们都有崭新的回忆。

1944年10月。

闻笑有感

笑是喜悦的表示，动物之中，大概只有人类有这本领罢。猴子也能作笑的姿态，但亦不过是姿态而已，看了不会引起快感，或且以为丑。至于微笑，冷笑，苦笑等等复杂的不尽是表示喜悦而别有滋味的各式之笑，那更是人类所独特擅长。

简直可以说，愈是思想情绪复杂且多矛盾而变态的人，笑之内容也愈为复杂而多变态；原始意味的笑——即天真的笑，差不多很难在这样人们的脸上找到了，通常我们见到的，倘不是虚伪的笑便是恶意的笑，这又是人类比猴子高明的地方，猴子大概作不出虚伪的笑，并且大概也没有恶意的笑。

但是也还有若干种类的笑，其动机似可索解却又未必竟能索解。譬如青年的疯女人，一丝不挂出现于大街，此时围观者如堵，笑声即错杂起落，如果再有一个无赖之徒对疯妇作猥亵之动作，旁观者就一定会哄然大笑。这样的笑，当然并不虚伪，确是"真情之流露"，远远听去，你会猜想这所笑者一定是一件可喜的事；那么，这是恶意的笑了，可又不尽然，当然说不上含有善意，但围而观者之群其中百分之九十九与此疯妇确无丝毫的仇恨，既无仇恨，则看见她在那样悲惨的境地而犹受无赖子的欺侮，纵使不生同情亦何必投之以恶意的笑呢？然则是缺乏同情心的缘故么？在此一场合，围观者同情心之薄弱，即就"围观"一举已可概见，自不待论；但是同情心之缺乏并不一定造成那样纵声狂笑的结果。假如有一位绅士在场，恐怕他是不笑的，虽然这位绅士跟围观之群比较起来，心地要肮脏得多，白天黑夜，他时时存着损人利己之心，而围观之群却确是善良（虽则赶不上那位绅士的聪明）的人们。

这样看来，恐怕只能把这种变态的笑解释为并无意义的动作，这恐怕是神经受了不寻常的一刺骤然紧张而起的一种反应，这中间并无恶意，当然也未必带有幸灾乐祸的成份。但"一半是神，一半是兽"的万物之灵，在这当儿，却突然褪落了"神"的光圈，而呈现了赤裸裸的"兽"的本色，大概也是不能讳言的事罢？

在街头遇到了这种的笑，并不比在雅致的客厅中遇到了虚伪的笑，更为舒服些，不过那不舒服的滋味应当是不相同罢？前者是悲哀而后者是憎恶。在前者，我们感到文化教育力之不足，在后者，我们看见了相反的作用——"人"非但未能净化，反倒被"教养"得更卑鄙龌龊了！我不得不承认：那种无意义的原始性的傻笑，虽使我听了战栗，可是比起客厅中高贵人们的虚伪的——可又十分有礼貌的笑，至少是"天真"些罢？

不过在大街上那样笑的机会究竟不多，常见者乃在室内。

在文雅的背景前，有"教养"的嘴巴绘声绘影地在叙述一些惨厉的故事的时候，听到了那样野性的放纵的笑声，其使人毛骨悚然，当亦不下于在大街。这时的笑，当然决无虚伪，可也不见得如何"天真"，这里可以嗅出自私的气味，讲述者和听而笑者似乎都把这当作一种娱乐，一种享受，他们似乎习惯了要把血腥的人类灵魂被践踏的故事当作饱食以后的消化剂，把别人的痛苦当作自己开心的资料。这原来不是没有"教养"的人所知道的。

人们说近来有些话剧，颇重"噱头"，于是慨叹于"低级趣味"之盛行，但是，见"噱头"而笑，即使是"低级趣味"罢，亦不过趣味低级而已；事有甚于此者，即并非"噱头"而且简直是不应当笑的地方，也往往听到喷发的笑声，叫人突然觉得这就是疯女人出现在大街上所引起的同样的声音。有一次我看电影，就在我近旁发出了这样变态的笑声；后来我留心看那几位"可敬的人们"，确也是衣冠楚楚，仪表堂堂，标明是有"教养"的——即不是粗人，换一句话，就是那些看腻了"噱头"转而要从血腥和眼泪中寻取笑料的人！

人的感情有能变态到这样的地步的，这是人的堕落呢或是"进化"，自不待论；不过再一想，在众人的骷髅堆上建筑起一人的尊严富贵的，今世实在太多了，那么，仅仅在话剧或电影上找寻这样发泄的家伙，实在也不足责了。

剩下来的一个问题是：到了还没看腻"噱头"的小市民群

的钱袋也不大宽裕而不得不依靠那些连"噱头"都已看腻转而要从血腥与眼泪——别人的痛苦中找寻娱乐的人们作为基本观众时，我们的戏剧将怎样办呢？

也许这是杞忧，现在这大时代有的是能使人痛快地一哭因而也就能健康地一笑的题材。但是看到那依然如故的"尺度"，我不能不担心我这个忧虑迟早要成为问题了。

1944年10月。

为"一二·一"惨案作

　　"一二·九"的刽子手用大刀水龙头对付青年学生，现在昆明惨案[①]的刽子手却用机关枪和手榴弹了。

　　这难道就是中国统治者的"进步"么？

　　"一二·九"的北平学生为了"救国"在大街上惨遭屠杀，现在昆明学生为了"反对内战"却在校内被"进攻"而"围歼"了。

　　这大概也正是中国统治者的"进步"罢？

　　刽子手们混赖罪名的方法最早为掩耳盗铃的扯谎，例如"碰伤"，例如"自行失足落水"，都是有名的"警句"，其后则为诬赖，为含血喷人，例如"受人利用""别有背景"，但这次的昆明惨案除了这两套老调以外，竟还跳出三个自承如何被"收买"的凶手来了。

　　这不用说也是中国统治者的"进步"了！

　　我虽然不曾亲自看见昆明街上以及联大校舍内血肉横飞的

---

　　① 昆明惨案：即"一二·一"昆明惨案。1945年12月1日，在昆明发生的国民党军警特务殴打枪杀为反内战争民主的大、中学校学生的事件。

惨状，然而读了昆明各校罢联及教职员的各项文告，我对于刽子手们的按语是残酷而又卑劣。这样的残酷和卑劣，正如鲁迅先生所说，不但禽兽中绝无仅有，即在人类中也是少见的，更不用说"民主"的假面具这回是撕得粉碎了。

青年学生的血，自来是不能白流的，让我们后死者咽住热泪，沉着地踏着死者的鲜血前进罢！

12月7日，重庆。

第三辑

风与沉思

……一个社会组织的改变绝
不是像你在床上翻一个身那样容
易的。……处在这转变期的我们，
固然需要一种有所不为有所必为
的坚决的意志，却也需要一种毅
力——只照着正确的路线走去，
把一切顿挫波折都放在预算中，
绝不迟疑徘徊的那样的毅力。

五四运动与青年们底思想

一

近数十年来，在中国政治上社会上有两个运动可以纪念，而且有永远纪念价值的，那便是辛亥革命和五四运动了。

这两个运动，表面上看起来，好像辛亥革命在政治上推翻数千年的专制政治，在社会上也受得许多影响；而五四运动在政治上意义很小，在社会上也没多大的影响，比较起来真是有天渊之隔，不过我们也可找出彼等底相同点。

第一，就是彼等成功以后，发现了几个新名词。自从辛亥革命以后，"平等""自由"二个名词，就很普遍在社会上了。在那专制政治和阶级制度底下面，谁敢说一声"平等""自由"？谁敢提倡"平等""自由"？但是辛亥革命以后，人人有平等和自由的思想了；而这辛亥革命运动，除了普及几个新名词之外，在政治上社会上的意义，却也很小。自从五四运动之后，"改造""解放"二个名词，就很普遍在社会上了。在那五四学生运动以前，谁敢说一声"改造""解放"？又谁在那里提倡"改造""解放"？但是"五四"以后，人人有改造和解放的思想了；而这五四学生运动，除了普遍几个新名词之外，在政治上社会上的意义，更觉很小。这是辛亥革命和五四运动的相同的第一点。

第二，就是彼等成功以后，势力很大，忽而就被旧有势力所遮没。辛亥革命成功以后，国民党的势力非常之大，沿长江几省的都督，都是国民党里的人物；但不久二次革命失败，旧官僚又占有势力；忽而袁世凯做皇帝了；忽而张勋复辟了；虽都不能成功，国民党的势力却消灭了不少。自从"五四"北京学生发动了后，上海学生就接着有六三运动，那时的学生势力，非常之大，在社会上真是一种了不得的人物，各家报纸也极力赞助；就是那拼命骂新青年的某报，这时也赞成新思想，竭力提倡学生运动了；但是不久就起了非常的反响，社会上不坚信学生了，而那种无谓的黑幕小说、杂志小报，都勃勃地复活起来，而且比起前头更觉多呢。其中最为特别的，可算是南京高等师范出版的《学衡》。这种新势力忽盛忽灭的现象，可算是辛亥革命和五四运动的相同的第二点。

辛亥革命了，人民仍旧得不到真的"平等""自由"；五四运动了，人们仍旧得不到真的"改造""解放"。但虽是暂时不能达到，而彼等底潜势力是永远存在的，所以彼等终有成功的一天，那是可以断言的。这层，我们应该永志不忘！

二

我再把五四运动以后的情形，从思想方面的变迁上来说一说：

五四运动底发生，可算完全是受了山东问题的刺激，给卖国政府以一种有力的表示。所以其结果，便是爱国思想的热烈与盛行。"五四"以前的学生界，固然也有讲爱国的，但总没有像那时的关切和热烈了。牺牲生命呀！破指写血书呀！游行讲演呀！抵制日货呀！一举一动，哪一件没有爱国的冲动与支配。那个时候，简直可说是爱国思想的全盛时代了。

同时受西方思想的影响，对于各种事物，都起了怀疑态度。这固然多少受了胡适之先生竭力提倡实验主义所赐；但即使没有他提倡，怀疑态度的发生，在那时学生界也是免不来的。因此对于现行政治，社会状态，经济制度，家庭组织，都起了大大不满；他们只觉得这许多现象，都没有利于自身的；而所谓个人主义便应运发生了。诸位要是看看那时言论界的文字，便晓得那个人主义，这时实在很普遍而占势力了。

因个人主义底勃兴，青年界便发生了新村运动①，人道主

---

① 新村运动：19世纪初兴起于法国的一种社会运动，主张辟地乡间，以互助合作组织村落，作为理想社会的模范。这是当时无法实现的一种小资产阶级空想。20世纪初，日本作家武者小路实笃曾倡导试行。五四时期周作人等曾撰文加以介绍。

义，无政府主义等重要思想。

旧社会的黑暗，青年们都感觉到了；但他们对于旧社会虽感不满，而却又不愿去设法改造彼，或认彼没有改造的可能性，因抱了超脱这个社会，而另行去创造一种新人生，以遂其个人主义的要求。创设新村，在理论上是很能满足这需要的：同时一般学者，在言论上又加了一番鼓吹，因而新村运动，一时很受青年界底欢迎和热望。

同时因欧战告终，大家对于惨酷的战争结果都发生厌恶，而人道主义一时又大叫起来。非战呀！废兵呀！国际永久和平呀！许多关于人道主义底呼声，也很普遍于青年界。

那时又因种种运动的失望，对于国家制度底本身，也发生了绝大的怀疑，所谓无政府主义，也很流行起来了。先前大家都提倡爱国，到了这时，连什么国家，什么政府都不要了。虽那个主义，时受多方面的压迫禁止，可是彼底传播力，并不因此缩减，从来大家所不注意也许竟不晓得的"进化"等杂志书籍，这时竟很有人好像觅宝似的去找彼等来看了。

以上三主义的发达和得势，一方是有人在提倡，一方却是个人主义底结晶。

这些，都是"五四"以后思想变动的大概。

三

　　上海罢市了，北京政府屈服了，那时的学生，在社会上谁也都尊敬。那时我们想学生的势力，在社会上一定能够非常之大，而且可保存下去；不料竟敌不过旧势力，终不能得到占有势力的地位，而且为有旧势力的军阀官僚和腐败的商界所侮辱，因此青年们觉得中国的社会，实在难以改造，精神上就觉得烦闷起来了。

　　青年们都受了新思想的洗礼，以为男女同样是个人，男的是人，女的何独不是人，所以他们以为男女的交际，是人和人的交际，没有大不了的事；但是社交公开了，青年们底感情，却不能克服理智，因此女的以为男的借社交公开来寻妻，男的以为女的借社交公开来寻夫。他们都这样误会了，都以为社交公开实在难以实行。所希望的是甲，却来了个乙，于是又烦闷起来了。

　　那时有一般人，不说新思想的，却也说新思想了；不说改造解放的，却也说改造解放了；而且常常赞助青年们底举动。因此青年们以为人性善的；不料后来发觉他们并不是真心赞助青年们底举动，也不是真心要说新思想，什么改造，什么解放，不过想利用青年们罢了。于是青年们对于人性善的观念，又抱了怀疑，又失望了。这样，又加添一层烦闷了。

　　没有理想的目标，倒也可糊里糊涂地过去，没有什么烦闷，但是一般青年们脑筋中，都有他们底理想的目标，于是奋斗下去，废了许多精力，许多光阴，而得到的结果，却不是理想的目标，自己仍旧得不到幸福，得不到自由，得不到快乐，而政府依旧这样，社会也是照样，青年们底精神上，觉得何等痛苦！何等烦闷！

四

我们不信青年们底烦闷可以一直下去，他们终该找条路去解除他们底烦闷的。

青年们精神上既受了许多烦闷，所用的精力，又是不能得理想的结果，于是他们就一变求精神上的快乐，而去求肉感上的快乐。但他们并不是堕落，也不是像那堕落的人们底肉感的快乐，他们也并不像窑子那样的没人格；他们是找了他们底伴侣，求少数人底快乐。他们承认自己力量太小，不能使全体人民都得到精神上和肉体上的快乐，所以他们只是取了他们个人的少数人的肉感的"享乐主义"了。这是青年们受了烦闷以后的第一条路。

还有一般人，以为实行了新的倒不及旧的；实行了社交公开，男女底性欲，每每不能自制，因此一般人就怀疑到社交公开的本身上去。他们又以为社会改造了，也未必真能得到幸福，或者竟可使社会上起了不少的祸乱；因此，他们就张了

"反动"的旗子，毅然反对新思想了。这是青年们受了烦闷以后的第二条路。不过这完全是感情作用，我看也没甚价值。

还有一般人，觉得"反动"是不对的，"享乐"也是不对的；但是实在没有能力可以找一条正当的路，只好去过那麻木的生活了。他们不要醒了，不要觉悟了，也不要接受新思想了。这种解除烦闷的法子，简直一无理由，自己太看不起自己了。

青年人是动的，终不能一直烦闷下去，又不能一直昏沉下去，不得不找一条新的路，鼓着精神走上去使他们不烦闷，使他们底心灵，好像教徒似的有一个归宿。简单地说，就是要解除他们底烦恼，必得要抱定一种相当的主义，把彼牢牢的信仰着，尽我一生的精力向这目标，一往直前的跑下去。那么中途虽遇什么周折，也断不致发生烦闷，因为他们心底里已存着个最后的希望，一切的烦闷，都可拿这个希望心来消除彼。

我也是混在思想变动这个旋涡里的一分子，起先因找不到一个归宿，可以拿来安慰我心灵，所以也同样感到了很深的烦闷。但近来我已找到了一个路子，把我底终极希望，都放在彼上面，所以一切的烦闷，都烟消云灭了。这是什么路子呢？就是我确信了一个"马克思底社会主义"。

末了，我拿法国文学家佛朗士[①]（Anatole France）底思想

---

① 佛朗士：通译法朗士。

变迁，约略说一说：

佛朗士是在1921年得着诺贝尔文学奖金。他最初对一切政治思想都抱着怀疑态度，不满意于过去现在和将来一切的社会。他说："要生在现在这个世界上，倒是没有知识的好。"他想站在社会之外，可是人是社会的一员，和社会有密切的关系，而不可分离；那么，人怎能站在社会之外呢？因而，他不得不去研究社会问题，信仰社会主义了。照他现在所有言论中的思想看来，他已是一个共产主义者了。

于此，我们知道一个人底烦闷，决不能长久烦闷下去，必得有条新路，把他底心志归宿在那里。现在解除青年们底烦闷，可算有三条路：一、享乐；二、反动；三、确信一种主义。但"享乐""反动"决不能算正当的办法，那么，青年们应该怎样解除他底烦闷呢？

　　　　　　　　五月四日在交通大学上海学校
　　　　　　　　学生会五四纪念讲演会上。

"士气"与学生的政治运动

"天下兴亡，匹夫有责"！这句话便充分表示了中国读书人——所谓士的阶级——伟大的气魄，与其对于自己的使命是认识的何等明白！

就人类社会演进的历史而观，无论是中国外国，读书人——士的阶级，或新名词所谓一般知识阶级——从来没有做过一个社会里的主人地位。当封建政治时代，士的一部分成了帝王贵族们的附属品，所谓言语侍从之臣，文学之士，实际不过是帝王贵族们的弄臣；其又一部分呢，则成为粉饰太平的斯文种子。此时的士，虽然气势煊赫，尊为"四民之首"，然而处的地位实在很可怜！

封建贵族政治既倒，德谟克拉西政治代之而兴，资产阶级代替了封建贵族而为社会的主人翁的时候，士——或知识阶级，似乎更受敬重，誉之曰社会的花，但是实际上仍只是被利用的工具，试看1914年欧洲大战将起的时候，多少知识界的名人反对战争，然而终究拗不过资产阶级的德谟克拉西政府一定要开战。从这一点上，便也可见现代的士——知识阶级所处的地位，究竟是何等样的地位了。

所以我们说，人类自有史以来，士的阶级从来没有做过一个社会里的主人地位，并不是一句苛刻的话语。

　　虽则如此，士的阶级在一个社会内却有很大的作用；他们的态度之如何，常常可以影响到这个社会或国家的兴衰；"天下兴亡，匹夫有责"！我们中国的读书人——士，早就把自己的身分地位能力，看得清清楚楚，才发而为如此雄迈不可一世的言论！

　　根据了此种明了清楚的认识，投大遗艰的精神，旋乾转坤的气魄，我们中国的读书人——士，才能从刀锯鼎镬之下磨练出中国读书人所特有的"士气"来！从这"士气"二字，从那"士可杀不可辱"一成语，我们分明看见前辈先生的百折不回的劲节，与夫杀身成仁的救世主义来！他们的轰轰烈烈的事业，造成了我们历史中最光荣的一页，在世界史上且是无与伦比的一页！他们的惊天地泣鬼神的牺牲，直使神奸巨猾亦不得不对于"清议"有几分忌惮！

　　我敢说，"士气"——中国读书人传统的救世主义——实在是我们的希世之宝；士之所以为士，固在于是，又使我们中国的士子——同样是从来没有做过一个社会里的主人的，——却对于国家的兴亡，社会的盛衰，起了莫大的作用，负了莫大的责任！我又深信，这个传统的"士"的救世精神，至今日不但余风未沫，并且有了新的觉醒，——"五四"以来的学生运动并不是从什么外国学来的新花样，而只是我国传统的士的救世精神之复活！

如果从我国历史上去考察"士气"的发展——换句话说，士的政治运动，——便可见我上面这句话不是无理由的。

读书人议论当时的政治，在周秦之际，就开了风气，郑国乡校之士，常常议论朝政，以至郑国的政治当局想把乡校封掉。春秋这时代，言论并非十分不自由，读书人讥弹朝政，不算一回事，只看那时诗人对于朝政讥刺极为深刻，便可知道；然而郑国乡校之士却竟以议论朝政而几乎得了封闭学校的大祸，也就可以想见他们的"议论"一定不是私人闲谈而是一种公开的讲演了，所以惹起当局的忌惮。郑国而外，其他各国的士子对于当时政治取什么态度，因为史无明文，我们不能晓得很明白，但是我们看到秦始皇三十四年李斯请焚书的奏，说是"诸侯并作，语皆道古以害今，饰虚言以乱实，人善其所私学，以非上之所建立；今皇帝并有天下，别黑白而定一尊，私学而相与非法教人，闻令下则各以其学议之，入则心非，出则巷议，夸主以为名，异取以为高，率群下以造谤……"。从这段话里，可知"处士横议"原是春秋历战国以至秦初的风尚，当时的士子各就己见以批评朝政，在群众中公开的讲演——所谓"巷议"，实在是很普通的事，直到秦始皇既并有天下而定一尊，方才觉得此种"处士横议"有点受不住，方使用蛮横的手段来取缔了。我们又看到李斯请禁议政的理由是"率群下以造谤，如此弗禁，则主势降乎上，党与成乎下"，又可知那时的读书人议论朝政实在是一种群众运动的形式，决不是几个书呆子在书房里高谈阔论而已。像这种样发皇的"士气"，当然不是容易摧残得了的，所以一直用到"偶语者弃市"的恐怖手段，方才将极发皇的民气摧残尽绝。所谓"偶语弃市"，据古来的注释家说"偶语"就是"聚语"，更可知那时诸生议论时政绝不是躲在书房里叹气发牢骚，而是跑到十字街头对群众讲演的；"偶语弃市"一语若用现在的话翻出来，简直就是"当街演说者斩"罢了。

秦始皇用了恐怖政策，总算把自春秋以来的"士气"完全压了下去。

秦亡汉兴，虽说是尽除秦苛法，然而叔孙通定的汉朝法律仍是抄袭秦法，对于限制"诸生"活动的禁令似乎并未废止，"挟书之禁"直到孝武时代才废除。自汉高以至文景，都不喜欢读书人，这又足为摧残后的"士气"恢复的阻碍。武帝表章六经，亦不过收罗几个遗老式的学者，篡述旧闻，补订经史而已，却并未普遍的兴学。几个"待诏金马之门"的文学之士，实际不过陪皇帝游宴，作赋颂功德，只是一种粉饰太平的玩意儿。我们可说，终前汉之世，庠序之教，缺而未修。在这种环境之下，自然那战国时的"士气"不能复活了。王莽欲窃位，杨雄这班人都竭力依附；四方上书颂王莽功德者多至四十八万人；这便充分的表现出西汉的读书人只是趋炎附势，完全失却了前代的士子那种领导民众而作政治运动的精神。

但是到了后汉，风气就改变过来了。向来的史家，都说光武皇帝见得西汉末年士无廉耻，以至王莽窃国，没有人为刘家效死，所以光武平定天下之后，就提倡"气节"，想在人的心里筑一道拥护刘家帝业的万里长城。事实上确是如此。所以东汉的"士气"，所谓"气节"，还不能算是纯粹的代表民众领导民众反抗专制暴政的举动；事实上，东汉的士只是帮助比较失势的外戚去反对擅权的宦官，而那些外戚实在亦不比宦官好了许多。但是无论如何，究竟是把一些读书人从崇拜权力的恶浊空气里提了出来，从墨守章句的无聊生活里提了出来，使他们留心当时政治，议论得失，反抗攻击那些作恶的官僚；在这一点上，不能不说是可贵的"士气"的复活了。我们从历史的记载而观，便知道东汉时代士的阶级之政治活动实在是极广大极有民众基础的。他和战国以至秦初的士的政治活动有不同的地方，那就是东汉的运动是在野之士和在朝之正直官吏有一种合作——联合战线。这是一个好处。但也有坏处，即当时"清议"所攻击的对象往往不是"事"而是"人"，因此牵入了党派的纠葛，反将反抗恶政的正目的抛弃，不能领导民众为不断的奋斗。我们须得把后汉时代党锢之祸的始末来看一看，庶几更可以明白知道东汉的"士"的政治运动有什么特性，优点如何，缺点如何。

　　我们先要看一看东汉"清议之风"——士的政治运动，

是在怎样的环境下发生的。范晔说："……逮桓灵之间①，主荒政谬，国命委于阉寺，士子羞于为伍，故匹夫抗愤，处士横议，遂乃激扬名声，互相题拂，品核公卿，裁量执政，婞直之风，于斯行矣。"这一段话，也还不离事实。东汉的"清议"，最初只是一般读书人因为崇拜某甲，瞧不起某乙，发而为对人评骘，所谓"品核公卿"，而不是对事的批评。当桓帝即位之始，擢用周福为尚书，而有名的房植反屈居下位，时人遂为之谣曰："天下规矩房伯武，因师获印周仲进"（因周福曾为桓帝师）。于是周房二人的宾客遂隐然分了党派。这种评骘人物的风气传到了太学里，太学生三万余人以郭林宗贾伟节为首领，标榜他们所钦佩的人，说的是："天下模楷李元礼，不畏强御陈仲举，天下俊秀王叔茂"。李元礼就是李膺，陈仲举就是陈蕃，都是朝廷的大臣。当时这种口号传播在社会上，成为一种舆论，公卿以下，都怕受了贬议，可见太学生的左右时论的潜势力着实不小。太学生既能领导民众拥护那些危言深论不避豪强的人，所以当时的"清议"很成了一种势力，使骄奢淫佚的宦官权臣有些顾虑，可是缺点亦就在只是崇尚清节梗直的人格，而不能从实际政治上作教育民众的工作，所以后来宦官们把李膺等加上一个"养太学游士，交结诸郡生徒，更相

① 桓灵之间：指汉桓帝刘志（132—167）和汉灵帝刘宏（156—189）统治时期，即公元147—189年。

驱驰，共为部党，诽讪朝廷，疑乱风俗"的罪名，就掀起了大狱，把李膺等二百多人捕拿的捕拿，通缉的通缉了。

但是朝廷虽然严治党人，"士气"却更激扬。当时社会对于"清议"的首领，非常崇拜。郭林宗一言一行，为世表率；有一日，郭林宗途行遇雨，头巾的一角折倒，众人就故意把头巾折一角，称为林宗巾；郭死之后，四方之士来会葬的，多至千余人。从这些地方，都可以见得东汉太学生的政治运动，在当时实已取得了广大的群众，深入于社会了。

总而言之，东汉太学生运动的特性是：以太学生——国立大学的学生为中心，而影响到全国的士子，复活了战国时代的士的政治运动，并且把"士气"——士的救世主义，化成了士的人生观。他们这运动的优点是能够提出简单的口号——谣，使民众容易了解；但是缺点亦在这些口号只是褒贬个人而非以事为对象。这使得他们的很有群众的政治运动只成了所谓"清议"，虽然有轰轰烈烈的牺牲，结果只在人心上留了个极深刻的印象，而于实际政治上并无效果。不过我们亦不可看轻了此种精神上的影响。我们要知道从此以后，中国读书人便养成了我们所特有的参加政治运动的奋斗精神——"士气"。我们的史家也就把"士气"二字作为读书人参加政治运动的代名词，逢着士的政治活动极剧烈的时代，总称之曰：士气发扬。

"士气"在东汉虽极发扬，但是汉末经魏晋六朝以至李唐"士气"又入于消沉时期。所以然的原因，一是政治环境的恶化，连年的战争，使士的阶级完全屈伏于暴力政治的下面，不稍得喘息。二是消极思想之流行，这也是因为环境太恶劣，使人完全失望，抛弃了一切积极奋斗的企图，流为厌世与玩世的态度。自晋以至唐初，士的阶级除了一部分昧了良心惟知窃取利禄者而外，其余者非趋于厌世便入于玩世；所谓"士气"，扫地以尽。虽然其间也有几个特立独行之士，标然卓峙，好似粪土壤中苗发的鲜花，然而终未能成为一时的风气，只所谓尚留一线正气于天壤间而已。唐兴以后，太宗很注意兴学，京师有国子学，太学，四门小学，京尹府县也都有学，又奖励文人，尊崇经师，然以科举取士，引天下士子竞趋此途，而科举又以诗文为主，因此读书人专攻诗文，希冀一举成名，曳金拖紫，什么砥砺气节，当然忘却，便是朝政得失，也不去留心了。这便是唐代"士气"不发皇的缘故。中叶以后，女主，权相，宦官，藩镇，迭执大权，政治非常黑暗，益以吐蕃回纥，屡扰边境，地方军阀（藩镇）苛暴异常，但是太宗以来百数年弦诵的士子却始终没有政治运动！

　　唐以后"士气"最激昂的，便是宋代了。宋的洛蜀朔党派①虽然颇像东汉的"党人"，但是东汉的党人，以太学生为中心，所以是士的阶级的政治运动，至于宋的洛蜀朔党，只是

---

　　①　洛蜀朔党：宋代中叶反对王安石变法的保守势力集团，如司马光、吕诲、程颢、程颐、范纯仁等。他们多为洛、蜀或北方籍的官僚和文人。

一些立足于不同的学派上面的政系，虽然其中也有在野的士子，可是不能认为士的政治运动，只是政治上的同志结合——系。因为士的政治运动有一个必要条件，就是代表民众反抗当时的弊政；宋的洛蜀朔党在一致反对王安石等新派政治家的立点而观，是一些正直的保守派政治家反对政见不同的在朝党；若就洛蜀朔自己的争执而观，则是学派不同的保守的政治家自身的内讧，更与民众无关了。所以洛蜀朔党不是宋代士的阶级的政治运动。因而也就不能认洛蜀朔可以代表"士气"之发扬。宋代"士气"之奋发自金人南侵的时候起的。而领导这发皇的"士气"，且发展而成为破天荒的政治意味的群众运动的人，便是历史上有名的陈东！而陈东正像东汉的郭林宗一样，也是太学生！

我们要郑重介绍宋代的太学生运动，便须先把那时的政治状况约略先说一下。

宋徽宗是一个有点艺术天才的人，然而是一个极坏的治国手。本来宋代自真宗以来，就闹着外患，到了徽宗时，因为内政腐败，外患便更紧迫了。这位道君皇帝只知道种花绘画鉴赏美术品，求点心灵上的陶醉，那实际不过俗不过的政治是懒得管的；他把政治交给一班奸人蔡京、童贯、王黼、朱勔等手里。他们迎合徽宗的艺术脾胃，举行花石纲，扰乱了东南民间；他们又恐怕打破徽宗作画看花的雅兴，对于外患总取敷衍求和的政策。后来子女玉帛都挡不住金人的马足，金兵深入，将逼汴京，徽宗就传位钦宗，自己躲到江南去了。钦宗又是一个庸才，看见老子把千斤重担放在自己肩上，却溜到江南佳丽地享清福去了，便也想跟着走。皇帝自己不要"宗庙社稷"了，人民在理亦不必过分忠心，但是宋代那时的人民因为侵入的是异族，在民族观念上决不肯退让，看见朝廷如此怯弱，非常气愤。在这种环境之下，太学生就起来作政治运动，并且扩大为向政府请愿的市民运动。据历史的记载，当钦宗即位的时候，太学生陈东就和许多同志上书请诛蔡京童贯王黼李彦梁师成朱勔等六贼以谢天下。钦宗虽不能听用这个条陈，但也还用李纲为相，想和金兵抵抗一阵。然其后廷臣皆主和，又因李纲军事小失利，钦宗就听了李邦彦的话，罢免李纲，要在任何条件之下向金兵乞和，于是太学生数千在陈东领导之下就起了一个伟大的运动。他们号召了汴京市民数万人到宣德门上书，请起用李纲，仍主战。据宋史，说是："书闻，传旨慰谕旁午，众莫肯去，方昪登闻鼓挝坏之，喧呼震地。有中人出，众脔而磔之。于是亟诏纲入，复领行营。"这寥寥数十字的记载，已经充分表现出那时太学生所领导的群众运动是怎样的热烈奋激了。传旨慰谕不肯去，打碎了登闻鼓，脔磔了内侍，这种举动在专制时代总可算是大逆不道，然而皇帝的羽林军竟不放一箭，也没有人说聚众数万脔磔内侍是"扰乱治安"，是"过激"；不但没有捉拿群众运动的首领陈东，反而升他为太学录。

陈东们的太学生政治运动可算是中国士的阶级的政治运动中最有特色的一个。第一，这是以民族思想为出发点；第二，号召市民参加；第三，废了"清议"等讥弹的形式而用上书请愿，发展为伟大的群众运动。我们试将陈东等的运动和"五四"及其后的各次学生运动相比较，谁能说两者间的精神是不同的呢？我相信无论何人都要承认是同的。再看陈东等运动以太学生为中心而号召市民参加，这也和现代学生运动的方式吻合。但是我们更须记清陈东等的运动是一千年前发生的，其时欧美现代列强尚在草昧时代呀！

　　依上所述，可知宋太学生的政治运动在中国过去的许多次士的阶级之政治运动中，实在可算是发展到最高形式的了；可是还有一个很大的缺点，即无组织。陈东和他的同志以打倒蔡京童贯等六贼为目的，然要知蔡京童贯等六人根深蒂固，必非一二次的群众运动所可打倒，必须有持久的奋斗，然后此目的可达；而欲为耐久战，则太学生及民众的联合势力必须有组织。况且天生奸人，岂仅蔡童等六人，既除去了蔡京童贯等，并希望不再有第二蔡京第二童贯，尤须有民众的监督，而民众亦必先有组织，然后可执行监督之权。可惜陈东等都见不及此，不但不乘时把宣德门请愿的数万军民组织起来，并且太学生自身亦没有组织，所以事过而后，太学生所反对的奸臣就设计去报仇，陈东竟被害死。于是太学生政治运动的高潮又暂时低落了，不久宋社亦移。

元以蒙古入主中国，因为种族不同，民间常有排外的思想在暗中发展，但因法纲甚严，防备甚密，不能有所举动。至元顺帝时，元已传国百年，勇悍之气，已经消失。又在上者失政，于是各处揭旗起兵，把元朝推倒了。当时各地民众不谋而合的同时革命，其受宋末"士气"的民族思想的影响自不待言，可贵的"士气"，自南宋以至明，可说并不曾消沉过。明季世朝政愈乱，士气愈激昂。士的阶级已认政治运动为士之职内事。只可惜他们不能继承宋太学生的上书请愿的群众的政治运动，而采取了东汉"清议"的形式。

　　明代士的政治运动始自"东林"。先是吏部员外郎顾宪成因力争并封事削籍归无锡，时论誉之，声名更高。宪成因在里中，故东林书院与同志高攀龙等名士，收徒讲学，讽议时政，裁量人物，海内闻风景附，朝廷同志亦遥相应和。于是"东林"之名大著。其后又有邹元标赵南星相继讲学，自负气节，务讥弹时政。时人与宪成并称为三君。

　　严格的说来，"东林"不足称为纯正的士的阶级的政治运动，只能视为在野名士的一个政治集团。因为"东林"诸人之所好恶，颇有成见，不能代表民众的意思。又自叶向高等登用后，"东林"由在野党变而为在朝党，意气殊盛，排斥异己，不衷于理，社会上甚至目之为"当关虎豹"；据此而观，则"东林"的主张不但不能代表民众的意思，并且是民众所厌恶的了。但是在朝政昏乱的时候，"东林"诸人敢以"清议"号召，提倡气节，不事权贵，对于"士气"之发扬，也不能不说是有功的。这个效果，到明鼎革以后，才尽量的发挥出来。那时江西有个忠诚社，江苏的嘉定江阴松江，安徽的徽州绩溪，都有许多士人号召民众，揭义旗反抗清兵。尤以江西的忠诚社为规模阔大，远近士人毁家入社的，多至三万人。他们虽然都遭失败，然而已足见激于民族思想的士人曾经有过怎样热烈的举动与重大的牺牲了。

以上略述吾国古来士的阶级从事政治运动的概况。这并不是侈陈旧烈，作无聊之慰藉；从这些史迹里，我们至少可得以下的结论：

第一，中国读书人——战国时的诸生，汉宋的太学生——在朝政昏乱，国势阽危，上下醉梦的时候，常常挺身出来作政治运动；此种精神，史家称之曰"士气"。论世者且以"士气"之盛衰觇国家之兴亡，这就证明士的阶级在中国历史上所处地位之重要，与所负责任之巨大。

第二，因为中国教育不普及，一般民众知识落后，所以士的阶级之政治运动便成为一般民众要求自由解放之当然的代表。

第三，中国的"士气"，以新术语诠释之，实为"大知识阶级主义"；换言之，即一切有决心反抗专制暴政，要求自由解放的革命的知识阶级，团结一致，领导民众作政治运动。而此一切知识阶级联合的运动，又以太学生为中心者，特别有声有色；汉宋的太学生运动即其例证。

第四，当中华民族受异族侵凌的时候，因为民族思想的发展，"士气"特别激昂，因而政治运动的方式乃由"清议"而转变为伏阙上书的民众运动，宋太学生是其例。

第五，历代士的阶级之政治运动有其共同的缺点，即（1）不注意于唤醒民众，甚至脱离民众；（2）完全没有组织，且未曾想到应该组织；（3）每因学派乡里之不同，及感情上之细故，而各立门户，自相攻击，卒为敌人所乘而一网打尽。

我们在今日批评三千年来士的阶级之政治运动乃有如上之结论五点；我幻想由今三千年后，我们的后代来批评我们今日"士的阶级"之政治运动，不知作何结论？我敢大胆断言，我在上文结论内的第一第二第三等点，或者也就是我们的后人观察我们的政治运动之结论。我又不寒而栗的想到以往的士的阶级之政治运动所有的缺点，或者会命定似的再落到我们这时代的运动！

因此，在"历史的考察"既完毕后，我很愿对于我们这时代的"士的阶级"的政治运动——"五四"以来的学生运动——提出几点意见。

我不是一个国粹论者，并且在有几点上是不赞成国粹论的，但是对于现代的学生运动，我深信其并非"舶来品"的新花样，而实为我国四千年前深培厚植的"士气"之复活！大学生在举国醉梦腐败的时候，抗论国事，在国家受外侮的时候，领导民众起而力争国权，不是今日的新现象，三千年前的太学生固尝行之！我们要知道，此种"士气"，此种奋斗精神，基于士的自觉——自觉他有唤醒醉梦的民众，反抗专制。保护民族独立自由之责任，实为吾国士的阶级所独有，实数千年来无数志士仁人从刀剑下油锅里培养成功的！若说"国"而有"粹"，则士的阶级努力从事政治运动的"士气"，便是吾中华的国粹！我国要保存此种国粹！我们应无愧对汉宋的太学生！欧西各文明先进国的士的阶级（知识阶级）对于研究学术的方法及态度，固然是我们所不及；但是我们的"士气"亦为他们所不及。我们何能以景仰他们的治学方法与态度之故，遂欲类于"贫子忘己之珠"，以可宝贵的"士气"为西方所未有而自弃之？所以我对于时人辄引西方学生不作政治运动以非难吾国学生运动之说，实大惑不解！上海各大学同志会又有"读书救国"的口号，我以为此说亦须加以明瞭的解释。不读书而救国，我们也反对，但以读书代救国，我们亦以为不可。"读书救国"很容易使人误会为"读书即救国"，因而不主张学生作政治运动，这却是不对的。我以为汉宋太学生的政治运动便是亦读书亦作救国运动，正是现代学生运动最好的榜样。

其次，上文已言"士气"实即大知识阶级主义，我以为现代学生的政治运动也当持定此方针。近百年来，"士气"销沉，士大夫非蹈高遁世，即利禄是图；清季留东学生颇亦有激昂爱国者，然而既出学校入社会即变初衷，及登仕版则腐败作恶无异旧官僚，真所谓"在山泉水清，出山泉水浊"！以故五四运动成为单纯之学生运动。我们觉得现在的知识阶级应该觉醒久已沉睡的"士气"——大知识阶级主义，联合学生，积极参加政治运动。学生可以作士的阶级政治运动之中心，如汉宋太学生旧例，但是不宜抛开一般知识阶级而独负重任。一般知识阶级訾学生的政治运动为"过激"，未免不自思自居于何等人，而学生辄目一般知识阶级为反动，亦是错误。在这内乱外患交迫的时候，一般知识阶级应与学生亲密的联合起来，共作政治运动！

又其次，中国现代文化状况虽已非三千年前可比，但是一般民众知识仍是落后，士的阶级仍有领导民众的责任。现在士的阶级之政治运动不该和民众隔离，不该疑谗畏谤，不去领导民众。三千年前专制时代的太学生尚且不怕砍头去领导民众作政治运动，难道在此民治潮流的时代反倒畏与民众接近么？

最后，我觉得最应注意而且警惕的，是历史上士的阶级政治运动失败之原因。无组织与自己分裂是从前士的阶级政治运动失败的大原因，我们现在即须在此二点注意改良。我们现在已经有了组织，但可惜只限于学生，并且组织尚未坚强；至于一般知识阶级尚没有什么组织。一般知识阶级必先自己有了组织，然后能与已组织的学生联合作政治活动。组织问题在目前尚未为十分严重，目前最严重的问题是巩固团体，勿蹈汉明士的阶级自相攻击之覆辙而予敌人以一网打尽的机会。说到此层，我觉得很忧虑，因为目前学生团体中已经有了自相分裂的端倪。如果这些潜伏的分裂运动完全是敌人威吓利诱的结果，那我就觉得现在的"太学生"实在有愧三千年前的先烈的"贫贱不能移，威武不能屈"的精神；如果是为乡里学派意气等等，那我敢举明代东林的覆辙请大家细心的想一想。

吾文姑止于此，再总括全篇的意思对全国学生尽献曝之微忧：

一、发扬吾民族特有之"士气"，联合一切知识阶级领导民众作政治运动！

二、抛弃意见，不分门户，努力消弭内部之分裂，俾厚积势力而不为敌人所乘！

（附言）此篇原为旧稿。1926年夏有感而作，今因石岑先生为《民铎》征稿，故以此塞责，尚望读者批评。

玄珠于上海。

青年苦闷的分析

亲爱的朋友：

从你的来信中看出你是十二分的苦闷。用我的另一个朋友的话：你是"在死线上挣扎"。用你的自己的话：你是"站在交界线上"。你是出了学校，将入社会；不是你战胜了生活，便是生活将你压碎，将你拖进了地狱去，——这，你说在你目前的环境是很有可能的。你说你仅仅是个中学毕业生，你没有用正当手段在社会上来自立的能力，而且即使你的能力还够，社会上却已经密密层层挤满了和你同样境遇的可怜人，从这样的同命者的嘴巴里夺取面包来养活你自己，你却又于心不忍，于义不取。你说社会是新的"斯芬克斯"，不是你解答了它的谜，便是你被它吞下去。你觉得你是解答不了社会的谜，因此你觉得只有两条路横在你面前：被生活拖下社会的地狱去，或是死！

哦！云山茫茫，我送给你一个握手。

但是在我提笔作书这现刻，我心里充满着的却不是什么感伤悱恻的情绪而是忿忿。我真不愿意对你表示什么同情，寄与什么慰安，——这些"空心汤圆"，这些不痛不痒的温甘剂，对于你一点好处也没有。我只想请你吃点辣子，给你一些批评。我又觉得给你什么职业上谋生上的暗示，——所谓得一个唉饭处，于你也是没有多大帮助，因为你的苦闷的原故还不是仅仅一个胃的装饱与否的问题，——还不是仅仅活下去的问题，而是怎样活得有意义的问题。自然胃的装饱与否也不是小问题，所谓"饿死小事"那样的话只是吃得太饱的大人先生们坐在衙门里说说的，不过这里讲起来话太长了，而且我想来你总也看到许多书讲到怎样方可以大家不饿。朋友！对于像你这样还没到缺少白米饭的胃，就需要一点辣子。这可以使你出一身大汗，可以破除你的苦闷罢！

你是一个多少有点觉悟的青年。你不愿意像别人那样过着猪狗一般的被践踏被损害的生活，你也不愿意像又一种别人那样过着损人肥己或是向吮嘬民众血液的魔鬼献殷勤乞怜而分得些馂余以骄妻子的生活。你不愿被压迫，也不愿为压迫者。你是因为觉得这样合理的社会和人生似乎一时不能实现，所以便苦闷了的呀！你这苦闷自然比较单纯的贫困或是失恋更有深切的意义。但是我不能不说你这苦闷就是你的糊涂呀。

朋友，据你这心理状态，你好像是某寓言中的驴子，因为不能够一步就到了人家对它说的那个花园吃理想中的玫瑰，就归根怀疑到该花园之是否真真存在。现代人中间不乏颇像这寓言中驴子们的可敬的怀疑者；他们的毛病就是不明白一个社会组织的改变绝不是像你在床上翻一个身那样容易的。一个社会组织的改变不但需要很长的时间，而且中间一定要经过不少的各种形态的阶段。社会进化的方式，既不如一班人所说的那样机械的，也绝不是又一班人所说什么混杂变幻不可思议究诘。处在这转变期的我们，固然需要一种有所不为有所必为的坚决的意志，却也需要一种毅力——只照着正确的路线走去，把一切顿挫波折都放在预算中，绝不迟疑徘徊的那样的毅力。朋友，在现今这瞬息万变的社会中，像你那样的青年人，顶需要的，是这种毅力。下了有所不为有所必为的决心而没有这种毅力的人儿是苦闷的。朋友，你的苦闷的一方面，据我看来，就是这个。

你说你要牺牲一己为大众谋幸福久矣，但恨不得其门，未逢其人；自然这你是有慨于目今挂羊头卖狗肉者之多，故有此言。你为此审慎，为此迷惶，为此而痛感生命力之无从发泄，而感苦闷。朋友，你这种不"轻举妄动"的态度是很好的，然而一何类于深闺择婿的淑女耶？朋友，你须不是一个小姑娘，你总不应该自存着万一受了欺骗便无以自反的心理因而简直不敢动呀！跑出你的"香闺"，走到十字街头；不要尽信赖你的耳朵，应该睁开你的眼睛来；那么，如果你确是像你来信中所表现的那么一个人，你一定可以看见大众所苦痛者究竟是什么，并且究竟是什么东西能够解放他们了。我再说一遍，你不是一位小姑娘，你须不怕受了人家的骗而又被指勒着不得脱身，你更不须顾忌着万一上当则将玷污你终身的"清白”，——其实你大概熟知在现今即使是小姑娘也很多并不这样畏葸的了，你是一个青年男子，应该有一点“泼皮”的精神，什么都不怕一试，试得不对，什么都不怕丢开另来。朋友，就是这追求又追求，搏战又搏战中，有着你的最宝贵的生命力之表现。中国有句老话；大处落眼，小处着手。你的落眼处虽然是为大多数民众求幸福，但你的着手处却应该从极小处开始；不耻下层的工作，不要放弃琐细的斗争；如果你是这样想，你的每一刻的生活便不会没有意义，你的整个生命力的表现便走上了正确的路线了。

朋友，也许你是欢喜多想的罢？用思固然是好事，但只管空想，却是坏事中之最坏者。我觉得现在有些人都犯了这样一个毛病：他已经依理性的指示而决定了一个主张或信仰，这主张或信仰之决定，当然是思索的结果，决定以后当然仍得用思，这时的思索应该集中在如何而可实现他的主张——就是确定了实现他这主张的步骤；然而不然，他却尽管左右前后地空想，他想得很多，估量得很多，预防得很多，但是一切这些思索都不是促其主张的实现，只是围绕着他这主张兜圈子，固然他这主张自始至终没有一分一毫的移动，他始终抱着他这主张，可是始终不曾有过一分一毫的实现。在主观上，他有一个牢不可破的主张，但在客观上，他等于没有主张。于是结果他苦闷了，大喊没有“出路”。朋友，你是否也陷于这样的所谓没有“出路”的苦闷？我看来你有一点。朋友，一个人的生活的布置绝不能像下围棋似的可以数子而定全局。你在对弈开始落子的时候，棋局是空白的，你有布置你的局势的自由，但你的生活却不是放在空白的"人生的棋局"上，所以你若自己计划好了自己生活的"局势"以后而尽管躺在床上"推敲"，那就愈想愈糊涂，终于成了不动了。主要的是：你定了主意后就应该定步骤，你自然得小心，但不可不放开脚步走上前去，不容趑趄！半途上出了什么岔子么？到那时再来对付！不过你也不可以忘记你应当时时自己武装准备对付那些岔子！

假如你还没有决定任何主意的时候，那么，朋友，慎防着陷进了又一泥坑里。欢喜多空想的人又有这样的一种：譬如说想从一个瓶子里倒出酒来喝罢，他，这位空想家，尽对着瓶子出神，先来推论这瓶里的酒到底是什么酒，好不好的，照这瓶子的漂亮的外观而言该是好酒，但也许竟是最劣等的酒，也许竟不是酒，——这样反复推想，什么都想到了，只是始终不曾想起先倒出那酒来尝一下，然后再作结论。朋友，你不要笑，现代的青年中尽多这样的人呢！自然对于一瓶酒之类不会这样的没主意；可是对于"立身处世"的大计明明放着一条路在面前而始终拿不定主意以至蹉跎不决的却多得很呢。这结果也是烦闷。

朋友，或者你还有点感情与理智的冲突，向善心与向恶心的矛盾罢？你也许因而感到自己的脆弱，因而悲观消沉罢？哦！你不应该如此的。人类并不是"全知全能的上帝"，人类是或多或少有些缺陷的；我们的老祖宗——原始人，比起我们来，要不完全得多了，然而他们从工作中，从生活斗争中，炼到了一身本事；所以，朋友，你不必为你的有缺陷而自馁，你应当在找寻工作和生活斗争中锻炼你自己，填平你的缺陷，只有不断的和环境奋斗，然后才可以使你长成。

朋友，你是青年，你手足健全，你受过中等教育，你生在这转变时代，你有很好的机会在这正在展开的历史的悲壮剧中做一个角色，你是很幸运的。你没有父祖的余荫，没有一份家产来供你安居饱食生儿子做老太爷，你没有亲戚故旧的提拔，没有同乡同学的帮忙，你进不能混入贪官污吏土豪劣绅队中，退而求为一个安分守己的小百姓亦不可得，但是正因为你是一无所有的青年，你的出路是明明白白的一条：

为了大多数人也为了你自己的解放而斗争！

我们这文坛

我们这文坛是一个百戏杂陈的"大世界"。有"洪水猛兽"，也有"鸳鸯蝴蝶"；新时代的"前卫"唱粗犷的调子，旧骸骨的"迷恋者"低吟着平平仄仄；唯美主义者高举艺术至上的大旗，人道主义者效猫哭老鼠的悲叹，感伤派喷出轻烟似的微哀，公子哥儿沉醉于妹妹风月。

我们的文坛又是一个旗帜森严各显身手的"擂台"。三山五岳的好汉们各引着同宗同派，摆开了阵势，拼一个你死我活。今天失手了，在看客的哄笑声里溜走了，明天换一个花样再来。反正健忘的看客也记不清那么多的脸。

红脸的，白脸的，黑脸的，蓝脸的，黄脸的，雷公脸的，长嘴大耳朵的，晦气色脸的，都在这"擂台"上串进串出。金瓜锤，方天戟，青龙刀，梨花枪，八卦衣，鹅毛扇，飞镖，袖箭，前膛枪，红衣大炮，三八步枪，迫击炮，水旱机关枪，飞机，坦克：人类一千年来的武器同时并见。

我们这"擂台"的文坛打了有十多年了，还没分个决定的胜败！

我们这"擂台"的文坛也有若干各宗各派的评判员。有的捧着高头讲章，《诗韵合璧》；有的戤着牌头①，圣培韦，泰纳，托尔斯泰，玛里纳蒂，蒲列汗诺夫，白璧德②；有的更使用着新式的天平，"意德沃洛基"③。

谁也都是百分之百的合理，而别人是百分之百的没出息。

谁都自称是嫡派秘授，而别人是冒牌货，野狐禅。

我们这"擂台"的文坛上的评判员也这样进行着万花缭乱的混战！

我们这"擂台"的文坛背后还有许多后备军的青年作家。他们中间正起着变化：或者已经拜了山门，成了宗派；或者尚在彷徨，觉得什么都不好；或者远道慕名，却不知道他所崇拜的好汉早已摇身一变；或者拾起了巨子们从前的玩意儿当作法宝，大做其"身边琐事"的描写，"即兴小说"，"文艺自传"。

他们中间也有些倔强的，打算自己找路走；也有些胆小

---

① 戤着牌头：沪语，意指倚仗势力。

② 圣培韦（Sainte-Beuve，1804—1869），法国文艺批评家；泰纳（Taine，1823—1893），法国实证主义的批评家；托尔斯泰（L. Tolstoy，1828—1910），俄国文学家；玛里纳蒂（Marinétti，1876—1944），意大利艺术家；蒲列汗诺夫（Plekhanov，1856—1918），俄国最早的马克思主义者之一；白璧德（L. Babbitt，1865—1933），美国"新人文主义"的文艺批评家。

③ 意德沃洛基：ideology的音译，意即观念形态、意识形态。

的，经不起一声断喝，就不敢相信自己的能力；也有些糊涂的，左看看也好，右看看也好，在那里打磨旋。

可是他们大多数不肯向后转，他们想做新时代的"第一燕"！

我们这"擂台"的文坛背后就挤满了这许多有志的后备军的青年！

朋友！这就是我们文坛的"卡通"！朋友！这就是我们那错综动乱的社会所反映出来的文艺上的奇观！

朋友！这不是苦了看客？然而也不然。看客们不是一个印板印出来，看客们的嗜好各殊咸酸；是为的这些看客们各趋所好，这才三山五岳的好汉们能够雄踞擂台的一角，暂时弄成了各不相下。

他们看客才是真正的最有权威的评判员。他们的掉头不顾是真正的一声"银笛"，任何花言巧语的宣传所挽回不来！

朋友！你也且莫担心着他们看客的口味是那样太庞杂！朋友，也许你不相信，但是你将来一定会看见：生活的紧箍咒会把这些各殊咸酸的看客们的口味渐渐弄成了一律！

三山五岳的好汉们谁能够紧紧地抓住了看客他们的心弦，弹出了他们的苦痛，他们的需求，鼓动了他们的热血，指示了他们的出路，谁就将要独霸这文坛的"擂台"；任何欺骗，任何威胁，任何麻醉，都奈何他不得！

朋友！现在我们不妨来作一回"梦"了。我们来"梦"一回最美满的文坛的将来，我们来"梦"一回将是怎样的狂风烈火将这大垃圾堆的文坛烧一个干净而且接着秀挺出壮健美丽的花朵。

　　朋友！不远的将来，从我们这里连年的战火，饥荒，水灾，旱灾，外患，一切等等所造成的罡风将吹燃了看客他们心头星星的火焰，变成了烈火滔天；烧穿了一切烟幕，一切面具，一切玩意儿的花鸟，他们看客将同声要求一些为了他们的，是他们的，属于他们的。

　　朋友！在这时候，鸳鸯蝴蝶也许仍在双双戏舞，可是没有人看，唯美主义的大旗将要挂在书房里，感伤的诗人琴弦将要迸断，公子哥儿将要再没有闲心情沉醉在妹妹风月。朋友！在那时候，只有生活的悲壮的史诗能够引起看客他们的倾听，震动他们的心弦！

　　但是朋友，我们文坛上那些自命为站在时代前线的三山五岳的好汉们以及青年的后备军在这历史的一幕前却也不能不自强不息。尤其那些"前卫"们，不能仍然那么狂妄地以为文坛的大任将"匪异人任"地必然地落到他们身上！

　　虚心的艰苦的学习，是必需的！

　　生活本身是他们的老师，看客大众是他们的不容情的评判员！

朋友！天亮之前有一时间的黑暗，庞杂混乱是新时代史前不可免避的阶段，幼稚粗拙是壮健美妙的前奏曲，"The beautiful agony of Birth"据说这就是辩证法的进展，是铁一样的规律！

只有竹子那样的虚心，牛皮筋那样的坚韧，烈火那样的热情，才能产生出真正不朽的艺术。

朋友！我们毫不客气地说：我们唾弃那些不能够反映社会的"身边琐事"的描写；我们唾弃那些"恋爱与革命"的结构，"宣传大纲加脸谱"的公式；我们唾弃那些向壁虚造的"革命英雄"的罗曼司；我们也唾弃那些印板式的"新偶像主义"——对于群众行动的盲目而无批判的赞颂与崇拜，我们唾弃一切只有"意识"的空壳而没有生活实感的诗歌、戏曲、小说！

将来的真正壮健美丽的文艺将是"批判"的：在唯物辩证法的显微镜下，敌人，友军，乃至"革命自身"，都要受到严密的分析，严格的批判。

将来真正壮健美丽的文艺将是"创造"的：从生活本身，创造了斗争的热情，丰富的内容，和活的强力的形式；转而又推进着创造着生活。

将来的真正壮健美丽的文艺因而将是"历史"的：时代演进的过程将留下一个真实鲜明的印痕，没有夸张，没有粉饰，正确与错误，赫然并在，前人的歪斜的足迹，将留与后人警惕。

将来的真正壮健美丽的文艺，不用说，是"大众"的：作者不复是大众的"代言人"，也不是作者"创造"了大众，而是大众供给了内容，情绪，乃至技术。

朋友！这不是"梦"，这和一加一等于二那样的不可强辩！

但是朋友，跟前我们却还只有庞杂混乱，幼稚粗拙！时代的大题材有多多少少还没带上我们那些作家的笔尖！时代的大步突飞猛进，我们这文坛落后了，异样的"牛步化"，没出息！朋友，可是你也毋须悲观，时代的轮子将碾碎了一些脆弱的，狂妄自夸的，懒惰不学好的，将他们的尸骸远远地抛出了进化的轨道！剩下那有希望的，将攀住了飞快的时代轮子向前！

他们必须艰苦地虚心地跟"时代"学习！

生活本身是他们的老师，看客大众是他们的不容情的评判员！

朋友！这不是"梦"，这和一加一等于二那样的不可强辩！

1932年11月28日。

"知识分子"试论之一
——正名篇

　　曹聚仁先生在《抗战》三日刊举发了知识分子也脱离民众，因而引起无患先生的感慨，不辞打落水狗之讥，狠狠地指责着知识分子的卖身投靠的行径；①但是我却要替知识分子喊几句冤。

　　曹先生是拿得了真凭实据才举发的，无患先生大概也是确有所闻见而来指责的；似乎铁案如山，已不可翻，然而我觉得他们两位先生所举发所指责的一班人，虽然知识分子其形，实在已非知识分子其质。他们是属于所谓"士大夫"阶级。

　　几年以前，有人发明以国货的"士大夫"三字代替了舶来翻译的"知识分子"四字，实在令人赞叹。所可惜者，以三易四，真理尚只得一半。因为中国有形似知识分子的"士大

---

　　①　曹聚仁曾在《抗战》三日刊第五十号（1938年3月3日）发表《知识分子也离开了民众》一文，批评在抗战的紧要关头"浙东某区的行政专员向省府提出辞职"，"专员夫人让她丈夫用专员汽车直送温州转到上海保险库去"。无患乃据曹文作《漫谈知识分子的"笔"》一文（发表于同年4月3日《立报·言林》），指责"在严峻抗战中知识分子的'笔'和他的行动所表现的却是软弱的，肤浅的，停滞不前的"；甚至"做了黑暗势力的清客"。

夫"，但也有"士大夫"所不屑与伍的"知识分子"。这在抗战发生以后，尤其显然。在前线，在后方的农村角落，都市贫民区，难民收容所，伤兵医院中，胶皮底其鞋，灰大布其长衫，仆仆往来，被歧视被讨厌者，非工非农非商亦非官，大概只能称为"知识分子"了；而他们是和曹先生与无患先生所举发所指责者，完全不相干。

"士大夫"连举而成为一类，在中国历史上大概也很古罢？不过最初"士"与"大夫"原非一物。"推十合一谓之士"，可知士之所以为士，原来在他的知识这一面。而且此知识倒也不一定属于文墨这方面。"士"这个字，似乎本来倒与"印退利更追亚"（知识分子）这个字相当的。然而自有"学而优则仕"的阶梯，"士"成了候补的"大夫"，终至于"士大夫"连举而为一件了；这是"士"的进步，然而也就是"士"的变质。

我们简直可以说，周秦以后，单纯的，不为"大夫"之候补者的"士"，已经几乎绝迹。考之故籍，凡未成大夫的"士"，差不多总有一个形容字戴在头上，有所谓"寒士"，那是不寒之士用以讥讽那些终生爬不上仕途者；有"名士"，那是大夫的另一个形态；有"高士"，这可妙了，飘飘然没有烟火气，当然与民众绝缘，而且恐怕还不辨黍菽，更说不上"推十合一"。"士"之演变如此，安在其能还原而离"大夫"而独立。故如曹先生所举的某专员，虽然奉为学者，是知识分子，但既已成大夫了，他一向是在"牧民"，如何尚能不和民众分开？浙大学生，目前虽则还够不到"大夫"，但将来多多少少总不免是大夫的候补者（或者现在已经是自觉的或半自觉的候补者），然则他们自视他们的性命比老百姓的值钱，正也是理之当然。至于无患先生所指责者，恰就是今日尚未成大夫而意识上已成为百分之百的候补大夫的人们的一个未来的缩写。

他们都不是"士"了，所以如果我们称之曰知识分子，不但名实不符，恐怕亦怫然作色，以为你是小看了他。

"知识分子"试论之二

—— 知识篇

什么是"知识"？难言。

经世治民，旋乾转坤，——这种种，似乎不便小称之为知识。

多识鸟兽鱼虫草木之名，这又好像太狭义了，未便抬高而尊之曰知识。

天文地理，无所不通，九流三教，无所不晓，这是斗方名士"理想"中的顶刮刮的知识分子，然而如果仅仅通而已，晓而已，所蓄虽多，亦不过是两脚书橱而已，我们的先贤早就看不大起他了。

大凡没有能动性的，不问是三坟五典，八索九丘，河图洛书，乃至声光化电，唯物辩证，——只要是本来活泼泼能动的东西，一到你脑中就变成一块一块像图书馆里藏书那样的死东西，那你虽然据有了却不能算你有知识。所贵乎有知识，在他能以之为剖解问题的锁钥，以之为辨析事理的分光镜，以之为审察邪正的绳墨，所以知识在一个人头脑里是具有能动性的：他把一个人头脑武装起来使能分析，能判断，能作主张。我们称混混沌沌，香臭不分，黑白不明的人们为"没有知识"；反之，就是"有知识"。这可说是通俗的对于"知识"的解释。"士"之定义为"推十合一"，也是十足暗示了知识之能动性的。

目光尖锐，能看到人所看不到，能做人所不敢为者，通常称之曰"有识之士"，如果翻译成新名词，那还不是"前进的知识分子"么？

照这样说来，——我们再从曹聚仁先生那篇文章里借一个例子来罢，——如某专员，恐怕不能算是知识分子。为什么？因为他所有的知识，不是我们上面说的那一套；换言之，他用以武装了他的头脑的那些知识不是用以明辨事理等等的。也可以说他之所明辨，与现在中国人本分所应明辨者不同，所以他谨遵阃令，觉得这样的时世，还有什么官可做，干脆的辞掉那"捞什子"了。因为他所有的"知识"不是使他知道做一个现代的中国人的本分，而是怎样做官，怎样例行"等因奉此"，怎样"牧民"罢了。等而下之，汉奸头脑里那一套"知识"，只是叫他出卖灵魂，"有奶便是娘"。托派头脑里那一套洋货"知识"，只是叫他作为骗人的咒语，一变而为党棍再变而为敌人走狗的一套魔术罢了。

这不叫做"有知识"，因而亦就不能算是"知识分子"；中国有旧称呼，叫做"文妖"，叫做"学蠹"！

雨天杂写之一

报载希特勒要法国献出拿翁当年侵俄时的一切文件。在此欧非两战场烽火告急的时候，这一个插科式的消息，别人读了作何感想，自不必悬猜，而在我看来，这倒是短短一篇杂文的资料。大凡一个人忽然想到要读一些特别的东西，或对于某些东西忽然厌恶，其动机有时虽颇复杂，有时实在也单纯得可笑。譬如阿Q，自己知道他那牛山濯濯的癞痢头是一桩缺陷，因而不愿被人提起，由讳癞痢，遂讳"亮"，复由讳"亮"，连人家说到保险灯时，他也要生气。幸而阿Q不过是阿Q，否则，他大概要禁止人家用保险灯，或甚至要使人世间没有"亮"罢？倘据此以类推，则希特勒之攫取拿翁侵俄文件，大概是失败的预感已颇浓烈，故厌闻历史上这一幕"英雄失败"的旧事，因厌闻，故遂要把此文件而消灭之——虽则他拿了那些文件以后的第二动作尚无"报导"，但不愿这些文件留在他所奴役的法国人手中，却是现在已经由他自己宣告了的。

但是希特勒今天有权力勒令法国交出拿翁侵俄的文件，却没有方法把这个历史从法国人记忆中抹去。爱自由的法兰西人还是要把这个历史的教训反复记诵而得出了希特勒终必失败的结论的。不能禁止人家思索，不能消灭人家的记忆，又不能使人必这样想而不那样想，这原是千古专制君王的大不如意事；希特勒的刀锯虽利，戈培尔之辈的麻醉欺骗造谣污蔑的功夫虽复出神入化，然而在这一点上，暂时还未能称心如意。

我不知轴心国家及受其奴役的欧洲各国的报纸上，是否也刊出了这一段新闻，如果也有，这岂不是一个绝妙的讽刺？正如在去年希特勒侵苏之初，倘若贝当之类恭恭敬敬献上了拿翁的文件，便将成为堪付史馆纪录的妙事。如果真那么干了，那我倒觉得贝当还有百分之一可取，但贝当之类终于是贝当，故必待希特勒自己去要去。

历史上有一些人，每每喜以前代的大人物自喻。欧洲历史上第一次出现了一个大野心家亚历山大，后来凯撒就一心要比他。而拿破仑呢，又思步武凯撒的遗规。从拿翁手里掉下来的马鞭子，实在早已朽腐不堪，可是还有一个蹩脚的学画不成的希特勒，硬要再演一次命定的悲喜剧。亚历山大的雄图，到凯撒手里已经缩小，但若谓亚历山大的射手曾经将古希腊的文化带给了当时欧亚非的半开化部落，则凯撒的骁骑至少也曾使不列颠岛上的野蛮人沐浴了古罗马文化的荣光。便是那位又把凯撒的雄图缩小了的拿翁罢，他的个人野心是被莫斯科的大火，欧俄的冰雪，烧的烧光，冻的冻僵了，虽然和亚历山大、凯撒相比，他十足是个失败的英雄，但是他的禁卫军又何尝不将法兰西人民的自由、平等、博爱的精神，法兰西大革命的理想，带给了当时尚在封建领主压迫下的欧洲人民？ "拿破仑的风暴"固然有破坏性，然而，若论历史上的功罪，则当时欧洲的自中世纪传来的封建大垃圾堆，不也亏有这"拿破仑的风暴"而被摧毁荡涤了么？即以拿翁个人的作为而言，他的《拿破仑法典》成为后来欧陆"民法"的基础。他在侵俄行程中还留心着巴黎的文化活动，他在莫斯科逗留了一星期，然而即在此短暂的时间，他也曾奠定了法兰西戏院的始基，这一个戏院的规模又成为欧陆其他戏院的范本。拿破仑以"共和国"的炮兵队长起家，而以帝制告终，他这一生，我们并不赞许，——不，宁以为他这一生足使后来的神奸巨猾知所炯戒，然而我们也不能抹煞他的失败了的雄图，曾在欧洲历史上起了前进的作用；无论他主观企图如何，客观上他没有使历史的车轮倒退，而且是推它前进一步。拿破仑是失败了，但不失为一个英雄！

从这上头看来，希特勒连拿翁脚底的泥也不如。希特勒的失败是注定了的，然而他的不是英雄，也已经注定。他的装甲师团，横扫了欧洲十四国，然而他带给欧洲人民的，是什么？是中世纪的黑暗，是瘟疫性的破坏，是梅毒一般的道德堕落！他的猪爪践踏了苏维埃白俄罗斯与乌克兰的花园，他所得的是什么？是日耳曼人千万的白骨与更多的孤儿寡妇！他的失败是注定了的，而他的根本不配成为"失败的英雄"不也是已经注定了么？而现在，他又要法国献出拿翁侵俄的文件，如果拿翁地下有知，一定要以杖叩其胫曰："这小子太混帐了！"

前些时候，有一个机会去游览了兴安的秦堤。这一个二千年前的工程，在今日看来，似亦没有什么了不起，但在二千年前，有这样的创意（把南北分流的二条水在发源处沟通起来），已属不凡，而终能成功，尤为不易。朋友说四川的都江堰，比这伟大得多，成都平原赖此而富庶，而都江堰也是秦朝的工程。秦朝去我们太久远了，读历史也不怎么明了，然而这一点水利工程却令我"发思古之幽情"。秦皇与汉武并称，而今褒汉武而贬秦皇，这已是听烂了的老调，但是平心论之，秦始皇未尝不替中华民族做了几桩不朽的大事，而秦堤与都江堰尚属其中的小之又小者耳！且不说"同文书"为一件大事，即以典章法制而言，汉亦不能不"因"秦制。焚书坑儒之说，实际如何，难以究诘，但博士官保存且研究战国各派学术思想，却也是事实。秦皇与汉武同样施行了一种文化思想的统制政策，秦之博士官虽已非复战国时代公开讲学如齐稷下之故事，但各派学术却一视同仁，可以在"中央的研究机关"中得一苟延喘息的机会。汉武却连这一点机会也不给了，而且定儒家为一尊，根本就不许人家另有所研究。从这一点说来，我虽不喜李斯，却尤其憎恶董仲舒！李斯尚不失为一懂得时代趋向的法家，董仲舒却是一个儒冠儒服的方士！然而"东门黄犬"，学李斯的人是没有了，想学董仲舒的，却至今不绝，这也是值得玩味的事。我有个未成熟的意见，以为秦皇和汉武之世，中国社会经济都具备了前进一步、开展一个新纪元的条件，然而都被这两位"雄才大略"的君主所破坏；不过前者尚属无意，后者却是有计划的。秦在战国后期商业资本发展的基础上统一了天下，故分土制之取消，实为适应当时经济发展的趋向，然而秦以西北一民族而征服了诸夏与荆楚，为子孙万世之业计，却采取了"大秦主义"的民族政策，把六国的"富豪"迁徙到关内，就为的要巩固"中央"的经济基础，但是同时就把各地的经济中心破坏了。结果，六国之后，仍可利用农民起义而共覆秦廷，而在战国末期颇见发展的商业资本势力却受了摧残。秦始皇并未采取什么抑制商人的行动，但客观上他还是破坏了商业资本的发展的。

汉朝一开始就厉行"商贾之禁"。但是"太平"日子久了，商业资本还是要抬头的。到了武帝的时候，盐铁大贾居然拥有原料、生产工具与运输工具，俨然具有资产阶级的雏形。当时封建贵族感到的威胁之严重，自不难想象。只看当时那些诸王列侯，在"豪侈"上据说尚相形见绌，就可以知道了。然而"平准""均输"制度，虽对老百姓并无好处，对于商人阶级实为一种压迫，盐铁国营政策更动摇了商人阶级中的巨头。及至"算缗钱"，一时商人破产者数十万户，蓬蓬勃勃的商业资本势力遂一蹶而不振。这时候，董仲舒的孔门哲学也"创造"完成，奠定了"思想"一尊的局面。

所以，从历史的进程看来，秦皇与汉武之优劣，正亦未可作皮相之论罢？但这，只是论及历史上的功过。如在今世，则秦皇和汉武那一套，同样不是我们所需要，正如拿破仑虽较希特勒为英雄，而拿破仑的鬼魂却永远不能复活了。

1942年6月27日桂林。

雨天杂写之二

佛法始来东土，排场实在相当热闹。公元三五〇年到四五〇年这不算短的时期中，南北朝野对于西来的或本土的高僧，其钦仰之热忱，我们在今天读了那些记载，还是活灵活现。石虎自谓"生自北鄙，忝当期运，君临诸夏，至于飨祀，应从本俗，佛是戎神，所应兼奉"。他对于佛图澄的敬礼，比稗官小说家所铺张的什么"国师"的待遇，都隆重些；他定了"仪注"：朝会之日，佛图澄升殿，常侍以下，悉助举舆，太子诸公扶翼而上，主者唱大和尚，众坐皆起。我们试闭目一想，这排场何等阔绰！

其后，那些"生自北鄙，忝当期运，君临诸夏"的国主，什九是有力的护法。乃至定为国教，一道度牒在手，便列为特殊阶级。佛教之盛，非但空前，抑且绝后。然而那时候，真正潜心内典的和尚却并不怎样自由。翻译了三百多卷经论的鸠摩罗什就是个不自由的和尚。他本来好好地住在龟兹国潜研佛法，苻坚闻知了他的大名，便派骁骑将军吕光带兵打龟兹国，"请"他进关。龟兹兵败，国王被杀，鸠摩罗什做了尊贵的俘虏，那位吕将军异想天开，强要以龟兹王女给鸠摩罗什做老婆。这位青年的和尚苦苦求免。吕光说："你的操守，并不比你的父亲高，你为什么不肯听我的话？"原来鸠摩罗什的父亲鸠摩炎本为天竺贵族，弃嗣相位而到龟兹，极为那时的龟兹国王所尊重，逼以妹嫁之乃生鸠摩罗什，所以吕光说了这样的话，还将鸠摩罗什灌醉，与龟兹王女同闭禁于一室，这样，这个青年和尚遂破了戒。后来到姚秦时代，鸠摩罗什为国王姚兴所敬重，姚兴对他说："大师聪明，海内无双，怎么可以不传种呢？"就强逼他纳宫女。这位"如好绵"的大师于是又一次堕入欲障。这以后，他就索性不住僧房，另打公馆，跟俗家人一样了。这在他是不得已，然而一些酒肉和尚就以他为借口，也纷纷畜养外室；据说鸠摩罗什曾因此略施吞针的小技，警戒那些酒肉和尚说："你们如果能够像我一样把铁针吞食，就可以讨老婆。"每逢说法，鸠摩罗什必先用比喻开场道："譬如臭泥中生莲花，但采莲花，不用理那臭泥。"即此也可见他破戒以后内心的苦闷了。姚兴这种礼贤的作风，使得佛陀耶舍闻而生畏。耶舍是罗什的师，罗什说姚兴迎他来，耶舍对使者说："既然来请我，本应马上就去，但如果要用招待鸠摩罗什的样子来招待我，那我不敢从命。"后来还是姚兴答应了决不勉强，佛陀耶舍方到长安。

　　但是姚兴这位大护法，还做了一件令人万分惊愕的事。这事在他逼鸠摩罗什畜室之后五六年。那时有两个中国和尚道恒道标被姚兴看中，认为他们"神气俊朗，有经国之量"，命尚书令姚显强逼这两个和尚还俗做官。两个和尚苦苦求免，上表陈情，举出了三个理由：一，他们二人"少习戒法，不闲世事，徒发非常之举，终无殊异之功，虽有技能之名，而无益时之用"；二，汉光武尚能体谅严子陵的志向，魏文亦能顾全管宁的操守，所以圣天子在上，倒并不需要大家都去捧场；三，姚兴是佛教的大护法，他们两个一心一意做和尚，正是从别一方面来拥护姚兴，帮他治国，所以不肯做官并非有了不臣之心。然而姚兴不许，他还教鸠摩罗什和其他的有名大师去劝道恒道标。鸠摩罗什等要替道恒道标说话求免，说："只要对陛下有利，让他们披了袈裟也还不是一样？"但是姚兴仍不许，再三再四叫人去催逼，弄得全国骚然，大家都来营救，这才勉勉强强把两领袈裟保了下来。道恒道标在长安也不能住了，逃避荒山，后来就死在山里。

　　这些故事，发生在"大法之隆，于兹为盛"的时代，佛教虽盛极一时，真能潜心内典的和尚却有许多不自由。而且做不做和尚，也没有自由。但姚兴这位护法还算是有始有终的。到了后魏，起初是归宗佛法，敬重沙门，忽而又尊崇道教，严禁佛教，甚至下诏"诸有佛图形象及胡经，悉皆击破焚烧，沙门无少长悉坑之"。但不久复兴佛教，明诏屡降，做得非常热闹。当此时也，"出家人"真也为难极了。黄冠缁衣大概只好各备一套，看"早晚市价不同"随机应变了。

1942年7月26日桂林。

雨天杂写之三

不知不觉，在桂林已经住了三个月。什么也没有学得，什么也没有做得，就只看到听到些；然亦正因尚有见闻，有时也感到哭笑不得。

近来有半月多，不拉警报了，这是上次击落敌机八架的结果；但也有近十天的阴雨，虽不怎么热，却很潮湿，大似江南梅雨季节。斗室中霉气蒸郁，实在不美，但我仍觉得这个上海人所谓"灶披间"很有意思；别的且不说，有"两部鼓吹"①，胜况空前（就我个人的经验言）。而"立部"之中，有淮扬之乐，有湘沅之乐，亦有八桂之乐，伴奏以锅桶刀砧，十足民族形式，中国气派。内容自极猥琐，然有一基调焉，曰："钱"。

晚上呢，人体上是宁静的。但是我自己太不行了，强光植

---

① "两部鼓吹"：当时，我住的小房楼上，经常是两三位太太，有时亦夹着个把先生，倚栏而纵谈赌经，楼下则是三四位女佣在洗衣弄菜时，交换着各家的新闻，杂以诟谇，楼上楼下，交相应和。因为楼上的是站着发议论，而楼下的是坐着骂山门，这就叫我想起了唐朝的坐部伎和立部伎，而戏称之为"两部鼓吹"。——作者原注

物油灯，吸油如鲸，发热如锅炉，引蚊成阵，然而土纸印新五号字，贱目视之，尚如读天书。于是索性开倒车，废此"中学为体，西学为用"之强光植物油灯，而复古于油盏。九时就寝，昧爽即兴，实行新生活。但又有"弊"：午夜梦回，木屐清脆之声，一记记都入耳刺脑，于是又要闹失眠；这时候，帐外饕蚊严阵以待，如何敢冒昧？只好贴然僵卧，静待倦极，再寻旧梦了。不过人定总可以胜"天"，油灯之下，可读木板大字线装书；此公①为我借得《广西通志》，功德当真不小。

　　而且我又借此领悟了一点点。这一点点是什么呢？说来贻笑大方，盖即明白了广西山水之美，不在外而在内；凡名山必有佳洞，山上无可留恋，洞中则幽奇可恋。石笋似的奇峰，怪石嶙峋，杂生羊齿植物，攀登正复不易，即登临了，恐除仰天长啸而外，其他亦无足留恋。不过"石笋"之中有了洞，洞深广曲折，钟乳奇形怪状，厥生神话，丹灶药炉，乃葛洪之故居，金童玉女，实老聃之外宅，类此种种，不一而足，于是山洞不但可游，且予人以缥缈之感了；何况洞中复有泉、有洞，乃至有通海之潭？

　　三星期前，忽奋雄图，拟游阳朔；同游十余侣，也"组织"好了，但诸君子皆非如我之闲散，故归途必须乘车，以省时间。先是曾由宾公设法借木炭车，迨行期既迫，宾公忽病，

---

　　① 此公：陈此生同志也。

脉搏每分钟百八十至，于是壮游遂无期延缓。但阳朔佳处何在呢？据云："阳朔诸峰，如笋出地，各不相倚。三峰九嶷析成天柱者数十里，如楼通天，如阙刺霄，如修竿，如高旗，如人怒，如马啮，如阵将合，如战将溃，漓江荔水，捆织其下，蛇龟猿鹤，焯耀万态"（《广西通志》），这里描写的是山形，这样的山，当然无可登临，即登临亦无多留恋，所以好处还是在洞；至于阳朔诸峰之洞，则就不是几句话所可说完的了。记一洞的一篇文章，往往千数百言，而有些我尚觉其说得不大具体呢！

还有些零碎的有趣的记载：太真故里据说在容县新塘里羊皮村，有杨妃井，"井水冷冽，饮之美姿容"。而博白县西绿萝村又有绿珠井，"其乡饮是水，多生美女，异时乡父老有识者，聚而谋窒是井，后生女乃不甚美，或美矣必形不具"。然而尤其有意思的，乃是历史上的一桩无头公案，在《广西通志》内有一段未定的消息，全文如下："横州寿佛寺，即应天禅寺，宋绍兴中建，元明继修之。相传，建文遇革除时，削发为佛徒，遁至岭南；后行脚至横之南门寿佛寺，遂居焉。十五余年，人不之知，其徒归者千数，横人礼部郎中乐章父乐善广，亦从受浮屠之学。恐事泄，一夕复遁往南宁陈步江一寺中，归者亦然，遂为人所觉，言诸官，达于朝，遣人迎去。此言亦无可据，今存其所书寿佛禅寺四大字。"

建文下落，为历史疑案之一，类如上述之"传说"颇多，大抵皆反映了当时"臣民"对于建文之思慕。明太祖晚年猜疑好杀，忆杂书曾载一事，谓建文进言，以为诛戮过甚，有伤和气。异日，太祖以棘杖投地，令建文拾之，建文有难色，太祖乃去杖上之刺，复令建文拾之，既乃诏之曰："我所诛戮，皆犹杖上之刺也，将以贻汝一易恃之杖耳？"这一故事，也描写到建文之仁厚及太祖之用心，可是太祖却料不到最大之刺乃在其诸王子中。

明末最后一个小朝廷乃在广西，故广西死难之忠臣亦不少；这些前朝的孤忠，到了清朝乾隆年间，皆蒙"恩"与死于"流贼"诸臣，同受"赐谥"之褒奖。清朝的怀柔政策，可谓到家极了。

说到这里，似乎又触及文化什么的了，那就顺笔写一点这里的文化市场。

桂林市并不怎样大，然而"文化市场"特别大。加入书业公会的书店出版社，据闻将近七十之数。倘以每月每家至少出书四种（期刊亦在内）计，每月得二百八十种，已经不能说不是一个相当好看的数目。短短一条桂西路，名副其实，可称是书店街。这许多出版社和书店传播文化之功，自然不当抹煞。有一位书业中人曾因作家们之要赶上排工而有增加稿费之议①，遂慨然曰："现在什么生意都比书业赚钱又多又稳又

---

① 那时候，排字工人排一千字的工资高于作家一千字所得的稿酬，故作家有"赶上排工"之议。

快，若非为了文化，我们谁也不来干这一行！"言外之意，自然是作家们现在之斤斤于稿费，毋乃太不"为了文化"。这位书业中人的慨然之言，究竟表里真相如何，这里不想讨论，无论主观企图如何，但对文化"有功"，则已有目共睹，至少，把一个文化市场支撑起来了，而且弄得颇为热闹。

然而，正如我们不但抗战，还要建国，而且要抗建同时进行一样，我们对于文化市场，亦不能仅仅满足于有书出，我们还须看所出的书质量怎样，还须看看所出之书是否仅仅为了适合读者的需要，抑或同时亦适合于文化发展上之需要。举个浅近的例，目前大后方对于神仙剑侠色情的文学还有大量的需要，但这是读者的需要，可不是我们文化发展上的需要，所以倘把这两个需要比较起来，我们就不能太乐观，不能太自我陶醉于目前的热闹，我们还得痛切地下一番自我批判。

大凡有书出版，而书也颇多读者，不一定就可以说，我们有了文化运动。必须这些出版的东西，有计划，有分量，否则，我们所有的，只是一个文化市场；如果是这样，我们就不能不说我们对文化运动无大贡献，我们只建立了一个文化市场。这样一桩事业，照理，负大部责任者，应是所谓"文化人"，但在特殊情形颇多的中国，出版家在这上头，时时能起作用，过去实例颇多，兹可不赘。所以，我在这里想说的话，决非单独对出版家——宁可说主要是对我们文化人自己，但也决不想把出版家开卸在外，因为一个文化市场之形成，不能光有作家而无出版家，进一步，又不能说与读者无关。

我想用八个字来形容此间文化市场的几个特点。这八个字不大好看，但我决不想骂人，我之所以用此八字，无非想把此间文化市场的几个特点加以形象化而已，这八个字便是："鸡零狗碎，酒囊饭桶！"

这应当有一点说明。

前些时候，此间书业公会开会，据闻曾有提案，拟对抄袭他家出版品而成书的行为，筹一对策，结果如何，我不知道。说到剪刀浆糊政策在书业中之抬头，似乎由来已久，但在目前桂林文化市场上，据说已经相当令人头痛，目前有几本销路不坏的书，都是剪刀浆糊之结果。剪刀浆糊不生眼睛，于是乎内容之庞杂芜秽，自属难免。尤其异想天开的，竟有抄取鲁迅著作中若干段，衷为一册，而别题名为《鲁迅自述》以出版者。这些剪来的东西，相应不付稿费版税，所以获利尤厚，据说除已出版者外，尚有大批存货，将次第问世。当作家要求增加版税发议之时，就有一位书业中人慨然认为此举将助长了剪刀政策。这自然又是作品涨价毋乃"太不为了文化"同样的口吻，但弦外之音，却已暗示了剪刀之将更盛。鸣呼，在剪刀之下，一部书将被依分类语录体而拆散，而分属于数本名目不同之书中；文章遭受了凌迟极刑，又复零碎拆卖，这表示了文化市场的什么呢？我不知道。但这样的办法，既非犯法，自难称之曰鸡鸣狗盗，倒是这样的书倘出多了，若干年以后也许会有另一批人按照从《永乐大典》中辑书之例，又从而辑还之，造成一"新兴事业"，岂不思之令人啼笑皆非么？但书本遭受凌迟极刑之现象既已发生，而且有预言将更发展，则此一特点不能不有一佳名，故拟题曰"鸡零狗碎"云尔。

其次，目前此间文化市场除了作家抱怨出版家只顾自己腰缠不顾作家肚饿，而出版家反唇相讥谓作家"太不为了文化"而外，似乎都相安无事，皆大欢喜。文化市场被支撑着，热热闹闹，正如各酒馆之门多书业中人一样热闹。热闹之中，当然亦出了若干有意义的好书，此亦不容抹煞，应当大书特书。不过，这种热闹空气，的确容易使人醉——自我陶醉，这大概也可算是一个特点。无以名之，姑名之曰："酒囊。"而伴此来者，七十个出版家每月还出相当多的书，当然也解决了直接间接不少人的生活问题，无怪在作家要求维持版税旧率时，有一先生曾经以"科学"方法证明今天一千元如果可出一本书到明天便只能出半本，何以故？因物价天天在涨，法币购买力天天在缩小。由此所得结论，作家倘不减低要求，让出版家多得利润，则出版家经济力日削之后，作家的书也将不能再出，那时作家也许比现在还要饿肚子些罢？这笔账，我是不会算的，因为我还没干过出版，特揭于此，以俟公算。而且我相信这是一个问题，值得专家们讨论。不过可喜者，现在还不怎样严重，新书店尚续有开张，新书尚屡有出版，这大概不能不说是出版家们维持之功罢？文化市场既然还撑住，直接间接赖以生活者自属不少；而作家当然也是其中之一。近来还没有听见说作家中发现了若干饿殍，而要"文协"之类来布施棺材，光这一点，似乎已经值得大书特书了罢？用一不雅的名儿，便是"饭桶"，这一个文化市场，无论其如何，"大饭桶"的作用究竟是起了的。于是而成一联：

　　饭桶酒囊亦功德，
　　鸡鸣狗盗是雄才。

　　　　　　　　　　　　　1942年6月30日桂林。